张翎

浙江温州人。1983 年毕业于复旦大学外文系，1986 年赴加拿大留学，分别在加拿大的卡尔加利大学及美国的辛辛那提大学获得英国文学硕士和听力康复学硕士学位。现定居于多伦多市，曾为美国和加拿大注册听力康复师。90 年代中后期开始在海外写作发表，代表作有《劳燕》《余震》《金山》等。

小说曾获得包括中国华语传媒年度小说家奖、新浪年度十大好书榜、华侨华人文学奖评委会大奖、台湾时报开卷好书奖、香港红楼梦世界华文长篇小说专家推荐奖等两岸三地重大文学奖项，入选各式转载本和年度精选本，并七次进入中国小说学会年度排行榜。

根据其小说《余震》改编的灾难巨片《唐山大地震》（冯小刚执导），获得了包括亚太电影节最佳影片和中国电影百花奖最佳影片在内的多个奖项。根据其小说《空巢》改编的电影《一个温州的女人》，获得了金鸡百花电影节新片表彰奖和英国万像国际电影节最佳中小成本影片奖。

小说被译成多国语言在国际发表。

余震

张翎 著

长江出版传媒 长江文艺出版社

北京长江新世纪文化传媒有限公司
www.cjxinshiji.com
出品

前 言

构思中篇小说《余震》的时候，我并不知道，有一场撕心裂肺的大地震，正阴险地潜伏在一片叫汶川的地皮之下，等待着一个本该花好月圆的春日，凶猛地狙击一群毫无防备的人——那是一年半之后的事。当时我也没有预料到，这篇小说在问世之后，会走进一位叫冯小刚的电影导演的视野，最终演绎成一部惊天动地的心灵灾难片——那是三年半之后的事。

最初的灵感萌发，纯属一个极为偶然的突然事件。

2006 年 7 月末的一天，我在北京机场等候飞往多伦多的班机。班机因大雨推迟了一次又一次，百无聊赖的等待中，我想起了机场里的一家书店。那天书店里人极多，冥冥之中似乎有一只手将我轻轻地拨过人流，让我一眼就看见了摆在高处的一本灰色封皮的书——《唐山大地震亲历记》，这才猛然想起那几天正是唐山地震三十周年的日子。

坐在候机厅里，我开始读这本书。周遭的嘈杂渐渐离我而去，只觉得心开始一点点地坠沉下去，坠到那些已经泛黄的往事里去。

地震那年，我还处在懵懂的年岁。北方的消息通过精密宣传机器的层层过滤，终于传到江南小城时，只剩下了一组意义模糊的数字。也为那些数字伤痛过，可那却是山高水远的伤痛，并无切肤的感觉。1976年的唐山离温州很远。

可是那天在北京机场，那本书三下两下就抹去了三十年的时光和几千公里的距离，将一些往事直直地杵到了我眼前。我被击中了，我感觉到了痛。痛通常是我写作灵感萌动的预兆。

回到多伦多后我又看了钱钢的《唐山大地震》，张庆洲的《唐山警示录》以及所有我能收集到的关于那次大灾难的资料。我的眼睛如饥饿的鹰，在乱石一样的图片堆里搜寻着一些身体，一些展示某种猝不及防神情的身体（如庞贝古城的遗迹）。可是没有，一个也没有。那个铁罐一样严密的年代成功地封闭了任何带有蛛丝马迹的照片。于是我和那段往事失去了直接的联系，我的想象力只好在那些文字构筑的狭小空间里艰难地匍匐。

在爬行的过程里我远远望见了一些孩子，一些被称为地震孤儿的孩子。有一个男孩，在截肢手术醒来后，怯怯地请求护士为他那只不复存在的手臂挠痒。有一个女孩，领着她幼小的弟妹，踩着结了冰而嘎啦作响的尸袋，寻找被迁葬的母亲尸体。当然，还有那群麻木地坐在开往石家庄育红学校的火车厢里的孩子。

回忆到这里戛然而止，那些孩子的后来，只是被一些简单的句子所概括："……成为企业的技术骨干。""……以优异成绩考入大学。""……建立了幸福的家庭。"

可是我偏偏不肯接受这样肤浅的安慰，我固执地认为一定还有一些东西，一些关于地震之后的"后来"，在岁月和人们善良的愿望中被过滤了。

我发觉我的灵感找到了一块可以歇脚的石头。孩子，和他们没有流出的眼泪，还有那些没有被提及的后来。

一旦我锁定了视点，王小灯作为我小说的中心人物便无比鲜活地朝我走来。我想，这个叫王小灯的女人若死在1976年7月28日，她就会定格在一个单纯快乐、渴望上学的七岁女孩形象上。可是，她却活了下来。天灾把生存推到极限，在这样的极限中一个七岁的灵魂过早地看见了人生的狐狸尾巴。见识了真相之后的王小灯，再也没有能力去正常地拥有世上一切正常的感情。对她来说，在那一天里轰然倒塌的不仅仅是房屋，还有她对整个世界的信任。在那以后的全部生活，都围绕在渴望拥有和害怕失去之间的争斗之中。这种争斗如一条坚韧的线，贯穿了她和周遭所有人的关系，包括继母，包括丈夫，包括女儿。

《余震》是关于疼痛的。一种天灾带来的，却没有跟随天灾逝去的心灵疼痛。一直到我写完最后一个字，我依旧没有找到缓解这种疼痛的药方。结尾处小灯千里寻亲的情节是我忍不住丢给自己的止疼片。真正忍不下疼痛的，其实是我自己。

我不知道是否该相信烈火真金、浴火凤凰这一类的话，现实世界里火和鸟并不存在着因果关系，并不是每一种灾难都可以使人重新站立的。有一些灾难，也许可以将人永远击垮。

在我所有的中短篇小说里，有一篇对我来说占据着一个特殊位置，那就是《向北方》。

在书写《向北方》之前，我已经发表了一系列小说，内容大多与我的故乡浙南相关，比如《江南篇》《花事了》《玉莲》《邮购新娘》《雁过藻溪》等等。就如小说的名字所预示的那样，《向北方》是我写作生涯中的一个转折点，从这里开始，我告别了江南的山水，走入北方的广袤地界。

久居加拿大，我曾自认为对这个地广人稀的国家有着一些比浮光掠影的游客深刻许多的了解。直到 2005 年秋天的一次旅行，才发现自己对加拿大的印象其实还限制在与美国毗连的那一片狭长的发达地区上。那次我去一个靠近北极圈的印第安部落生活了一小阵子，结识了一群信奉"科技也需要精神来承载"(Even technology needs a spirit to carry it) 的人。他们使我模糊地意识到，加拿大国歌中唱到的真正北方（True North）精神，大约是有着这样一些内容的：勇敢，坚韧，奉献，容忍，忠诚。那次旅行触动了我肤浅的生活表皮之下的一些部位，让我生出一些介于痛和痒之间的感觉来。

于是，一个故事就沿着北方的地貌渐渐地凸现出来。

雪儿达娃的诞生其实源于我对故国的偏爱。我情不自禁地把这个本来与中国毫无关联的故事，拿过去安放在我的同胞头上，大约是一种肥水不流外人田的小农意识在作祟。好在我早已习惯了把人物场景在大洋两岸搬来挪去——据说那是我的专长。

最初的时候我只是把达娃设想成一根锈迹斑斑的铁条，险恶的环境也许能加重它的锈斑，却不能使它弯曲。在书写的过程里我的思路不知在哪一刻脱离了我的控制，完稿时达娃已经是一股水了。当然不是那种在清丽的江南小溪里幽雅自在地流动着的水，而是一股困在穷山恶石之中，冒着完全干涸的危险也要杀出一条血路的水。那股水的唯一动力，就是携带着一条伤痕累累的小鱼（儿子尼尔），突出重围。世界上最顽强的东西，其实莫过于水了。它可以伸缩俯就改道，它可以在铁石中间凿出一条窄路来。

当我纵容着自己的灵感时，我时常忘记了达娃的性别。达娃背负着多重的山，记忆和儿子是其中的两座。达娃的所有生活内容都被这样的重荷简化成一个周而复始的爬行动作。爬行对达娃来说已经成为生存的唯一表现形式。经历了三次婚姻之后，达娃遇到了陈中越，可是他们并没有如人们所愿的那样进入男女激情的故事框架。即使有欲望潜伏在他们中间，那也只是漫漫长夜里将尽的篝火之下的一两点火星。他们只是在那个陌生寒冷险恶的生存环境里，渐渐发现了彼此身上与大都市的生活方式格格不入的一种特质，这种特质使他们惺惺相惜。我找不到一个确切的词语来解释这种特质，只好笼统而模糊地把它叫作"北方精神"。

不是每一部小说都让我激动。《向北方》的写作过程使我体验了燃烧和颤簌。为此我感谢那个给了我灵感的名叫乌吉布维的印第安民族。我暗暗希冀那些模糊的"北方精神"，能深深地藏在独属于心灵的那个角落——深到财富和欲望都无法探及的程度。

《空巢》是本书里收集的三篇小说里发表最早的一篇，却是转载最多的，并获得当年的人民文学奖——大约是因为它所涉及的内容和当今生活现实最为贴近。

去国离乡多年，打电话回家，话题隔几年一变。近几年的话题常常是围绕着保姆的。父母已进入老迈多病之年，保姆已经从可有可无的权宜之计变为必不可少的家政计划。父亲患老年痴呆症，神志时常在清醒和糊涂的灰色地带里浮游。这一两年中风之后，基本丧失了任何沟通和活动的能力。家里是母亲当家。母亲最大的抱怨是关于保姆的。城里的保姆手脚倒是灵巧的，只是对主人家中的电器化程度和住房条件都要求颇高。乡下来的保姆当然愚笨一些，可是适应城里生活的过程却通常只需要三两个月。一旦进入城里人的生活模式，便把城里人的恶习学得比城里人还地道。所谓的假洋鬼子比真鬼子还鬼，说的就是这个道理。

母亲家中的保姆一年里要换几轮，母亲常常陷于两轮保姆之间的真空地带。远在多伦多的我，隔着一条千里万里的电话线，除了着急，实在也无能为力。如此三番地，保姆就成了我的一块心病。多年的保姆情结渐渐在我心中沉积起来，终于在某一天里让我意识到了它的重量，于是就有了《空巢》。

和我其他的中篇小说相比，《空巢》实在不算是一部激情四溅的作品。从题材上来说，在这之前的《羊》《雁过藻溪》以及之后的《向北方》《余震》等，都多多少少涉及了一些传奇的内容。叙述语言上，那几部作品都有些惊乍伶俐之处，结构上也较为复杂和工于心计。而在书写《空巢》的过程中，我向来遵奉的"语不惊人死不休"的从文原则突然远远地离我而去，我被遗弃在一片毫无文采的真空状态。这种状态是在我近十年的创作中从未经历过的。情节的无奇，结构的了直，语言的平淡，使我开始怀疑自己是否江郎才尽。完稿后再从头到尾地读过，却又有了一些新的感受。《空巢》从文到质都呈现了一种平和的淡暗的光色，其实正符合了平实人生的一种平实状态。描述这种状态的最合适的载体，就是一种激情和技巧都缺席的平实语言架构。

《空巢》写到了鸟，写到了巢，也写到了保姆。但《空巢》真正的关注点不在鸟，不在巢，更不在保姆。《空巢》其实是关于孤独这种感觉的。孤独如空气遍布生活的每一个角落。李延安用结束呼吸的方式结束了孤独。何淳安和何田田父女在诸多的事情上看法迥异，却在对付孤独的办法上异曲同工——他们都用结党的方式抵抗了孤独。《空巢》里没有一个人相信爱情，他们只相信同仇敌忾的私密同盟。这种同盟的持久和巩固使得爱情暗淡无光。爱情的高调在这里被唱成了卡拉 OK 式的荒腔走板。其实人生大抵应当如此，超越生活的想法难免有些矫情。

如此想过，心就踏实了一些。

当《余震》这部小说集走向读者和市场的时候，书写过程里所经历的情绪都已经成为过去时态了。但愿我的读者能借着这个前言，和我一起重温属于过去时态的某些迷茫困惑的时刻。蓦然回首，我才发觉我已经走了很远的路。

余 震

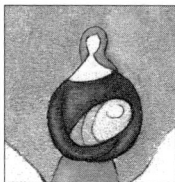

▼ 2006 年 1 月 6 日　多伦多圣麦克医院

沃尔佛医生走进办公室的时候，看见秘书凯西的眉毛挑了一挑。

"急诊外科转过来的，等你有一会儿了。"凯西朝一号诊疗室努了努嘴。

沃尔佛医生挂牌行医已经将近二十年了。可是在还没有出现一个叫亨利·沃尔佛的心理医生的时候，早就已经存在着一个叫凯西·史密斯的医务秘书了。凯西在医院里已经工作了三十三年，凯西可谓阅人无数。这无数的人犹如一把又一把的细沙，日复一日年复一年地打磨着凯西的神经触角，到后来凯西不仅没有了触角，凯西甚至也没有了神经，所以平日极难在凯西脸上找到诸如惊讶悲喜之类的表情。

沃尔佛医生立刻知道，他碰上一个有点劲道的病例了。

"《神州梦》的作者，刚被提名总督文学奖。上周六CBC 电视台《国情》节目里有她一个小时的采访。"

沃尔佛医生嗯了一声，就去拿放在门架上的病历，匆匆扫了一眼边沿上的名字：雪梨·小灯·王。

"急救车晚到十分钟，就没她的小命了。"凯西做了个割腕的动作，轻声说，"自杀。"

沃尔佛医生翻开病历，里面是急诊外科的转诊报告。

性别：女

出生日期：1969 年 3 月 29 日

职业：自由撰稿人

婚姻状态：已婚

孕育史：怀孕三次，生育一次（有个十三岁的女儿）

手术史：盲肠切除（1995），人工流产（1999、2001）

病况简介：严重焦虑失眠，伴有无名头痛，长期服用助眠止疼药物。右手臂动作迟缓，X 光检查结果未发觉骨骼异常。两天前病人用剃须刀片割右腕自杀，后又自己打电话向 911 呼救。查询警察局记录发现这是病人第三次自杀呼救，前两次分别是 3 年前及 16 个月前，都是服用过量安眠药。无犯罪及暴力倾向记录。

转诊意见：转至心理治疗科进行全面心理评估及治疗

附件：警察局救护现场报告

病人日用药品清单

病人过敏药物清单

　　沃尔佛医生推门进去，看见沙发上蜷着一个穿着白底蓝条病员服的女人。女人双手圈住两个膝盖，下巴尖尖地戳在膝盖上。听见门响，女人抬起头来，沃尔佛医生就看见了女人脸上两个黑洞似的眼睛。洞孔大而干枯，深不见底。沃尔佛医生和女人对视了片刻，就不由自主地被女人带到了黑洞的边缘。一股寒意从脚尖上渐渐爬行上来，沃尔佛医生觉出自己的两腿在微微颤抖，似乎随时要失足坠落到那两个万劫不复的深渊之中。

　　女人的嘴唇动了一动，发出一个极为微弱的声音。与其说沃尔佛医生听到了女人的话，倒不如说沃尔佛医生感觉到了耳膜上的一些轻微震颤。过了一会儿，那些震颤才渐渐沉淀为一些含意模糊的字眼。

　　沃尔佛医生突然醒悟过来女人说的那句话是"救我"。

　　女人的话如一柄小而薄的铁锥，在沃尔佛医生的思维表层扎开一个细细的缺口，灵感意外地从缺口里汩汩流出。

　　"请你躺下来，雪梨。"

一阵窸窸窣窣的声响之后，女人身上的蓝条子渐渐地平顺起来，变成了一些直线。女人的双手交叠着安放在小腹之上，袖子翻落着，露出右腕层层缠绕的纱布和纱布上一些形迹可疑的斑点。

"闭上眼睛。"

女人脸上的黑洞消失了，屋子陷入了前所未有的安谧。

"雪梨，你来加拿大多久了？"

"十年。请叫我小灯——那才是我的真名。"

"中国名字吗？"

"是的，夜里照明的那个灯。"

"小灯，你对西方心理治疗学理论了解多少？"

"佛洛伊德。童年。性。"

女人的英文大致通顺，疑难的发音有些轻微的怪异，却依旧很容易听懂。

"那只是其中的一种。你是怎么看的？"

"一堆狗屎。"

沃尔佛医生忍不住轻轻一笑。

"小灯，上一次发生性行为，是在什么时候？"

女人的回应来得很是缓慢，仿佛在进行一次艰难的心算。

"两年零八个月之前。"

"上一次流泪，是在什么时候？"

这一次女人的反应很快，几乎没有任何迟疑和停顿："从来没有流过眼泪，七岁以前不算。"

"小灯，现在请你继续闭眼，做五次深呼吸。很深，深到腰腹两叶肌肉几乎相贴。然后放慢呼吸节奏，非常，非常，非常缓慢。完全放松，每一丝肌肉，每一根神经。然后告诉我，你看见了什么。"

两人都不再说话，屋里只有女人先是深沉再渐渐变得细碎起来的呼吸声。女人的鼻息如一条拨开草叶穿行的小蛇，窸窸窣窣。草很密，路很长，蛇蜿蜒爬行了许久，才停了下来。

"窗户，沃尔佛医生，我看见了一扇窗户。"

"试试看，推开那扇窗户，看见的是什么？"

"还是窗户，一扇接一扇。"

"再接着推，推到最后，看到的是什么？"

"最后的那扇窗户，我推不开，怎么也推不开。"女人叹了一口气。

"小灯，再做五次深呼吸，放松，再推。一直到你推开了，告诉我你看见了什么。"

女人的呼吸声再次响起，粗重，缓慢，仿佛驮兽爬山一样地艰难。

沃尔佛医生撕下桌子上的处方笺，潦草地写了两张便条，一张给凯西，一张给自己。

给凯西的那张是：

　　　　立即停用一切助眠止疼药物，改用安慰剂。

给自己的那张是：

　　　　尽量鼓励流泪。

▼ 1976 年 7 月 24 日　唐山市丰南县

李元妮在一条街上挺招人恨的。

李元妮是她在户口册上的大名，其实在街坊嘴里，她只是那个"万家的"——因为她丈夫姓万。街坊只知道她丈夫姓万，却没有几个人知道他的名字，所以众人只称呼他"万师傅"。当然万师傅只是当面的叫法，背后的叫法就很多样化了。

万师傅是京津唐公路上的长途货车司机，一个月挣六十一块钱工资，比大学毕业的技术员还多出几块钱。万师傅个子极为壮实，常年在路上奔走，晒得一脸黑皮。十天半个月回趟家，搬张小板凳在门口一坐，高高卷起裤腿，一边搓脚丫子上的泥垢，一边吧嗒吧嗒地抽闷烟，那样子和搂草耙土的乡下人也没有太大区别。别看万师傅一副土老帽的样子，他却是一条街上见过最多世面的人。万师傅常年在大城市之间走车，大城市街角里捡起来的一粒泥尘，带回小县城来也就成了时新的了。虽然万师傅对自己很是苛省，万师傅对老婆孩子，却是极为大方的，每趟出车回来，总是带回大大小小各式各样的物件。所以万家无论是吃的穿的，还是用的，和一条街上的人都有些格格不入。

李元妮招人恨，除了丈夫的原因，也还有她自己的原因。李元妮上中学的时候，曾经被省歌舞团挑上，练过几个月的舞蹈。后来在一次排练中摔成骨折，就给退了回来。李元妮回来后没多久就嫁了人，过了两年又生了孩子。同样是人的媳妇人的妈，李元妮和街上那些媳妇那些妈却很有些不同。李元妮的头发上，永远别着一枚塑料发卡，有时是艳红的，有时是明黄的，有时是翠绿的。那发卡将她的头发在耳后拢成一个弯月形的弧度，衬着一张抹过雪花膏的脸，黑是黑，白是白。李元妮的外套里，常常会伸出一道浅色的衬衫领子，有时尖，有时圆，有时锁着细碎的花边。李元妮的衣兜上，常常会缝着一颗桂圆色或者砖红色的有机玻璃纽扣。李元妮穿着这样的衣服梳着这样的头发，一颠一颠地迈着芭蕾舞娘的步法行云流水似的走过一条满是泥尘的窄街，只觉得前胸背后贴满了各式各样的目光，冷的热的都有。她早已习惯了这样的目光，这些目光在一定程度上弥补了早夭的演员生涯留给她的种种遗憾。

　　这一天万家院子里很早就有了响声，是李元妮在唱歌。李元妮的歌声像是有了划痕的旧唱机，一遍一遍地转着圈循环着——因为她记不全歌词。

> 温暖的太阳啊翻过雪哦山
>
> 雅鲁藏布江水哦金光闪闪啊啊啊
>
> 金光闪闪，金光闪闪……

　　街坊便猜着是万师傅回家了。只有万师傅在家的日子里，万家的"那个"才会起得这么早。果然，李元妮的唱机还没转完一圈，屋里就响起一阵滚雷似的咳嗽——喀喀喀喀喀，喀喀喀喀喀——那是万师傅常年抽烟造下的破毛病。万师傅呸的一声吐出一口浓厚的痰，连声喊着他的一双儿女："小登小达，再不起来，我和你妈就走了。"这天万家四口人是盘算好了去李元妮娘家的——李元妮的小弟在东海舰队当兵，正赶上在家歇探亲假，李家的七个兄弟姐妹约好了，一起在娘家聚一聚。

小登小达却一点也没有动静。昨晚天热得有些邪乎，两个孩子挠了一夜的痱子，到下半夜才迷糊着了，这会儿睡得正死。李元妮走过去，看见小登手脚摊得开开的，蛤蟆似的趴在床上，一条腿压在小达的腰上。小达的脑袋磕在膝盖上，身子蜷成圆圆的一团，仿佛是一个缩在娘肚里等待出生的胎儿。李元妮骂了声丫头忒霸道，就将小登的腿拨开了。

小登是个女孩，小达是个男孩，两个是龙凤胎，都是七岁。小登只比小达大十五分钟，多少也算是个姐姐。小登一钻出娘胎，哭声就惊天动地的，震得一个屋子都颤颤地抖。一只小手抓住了接生婆的小拇指头，半天都掰不开——是个极为壮实的丫头。小达生下来，一直不哭。接生婆倒提在手里，狠狠拍打了半晌，才有了些咿咿呀呀的微弱声响，像是一只被人踩着了尾巴的田鼠。

洗过了包好，放在两个小床上，一个大，一个小，一个红，一个青，怎么看都不像是双胞胎。养了两日，那红的越发地红了，那青的就越发地青了。到了一周，那青的竟气若游丝了。万师傅不在家，李元妮的娘在女儿家帮着料理月子，见了这副样子，就说怕是不行了。李元妮叹了口气，说你把那小的抱过去再见一见大的，也算是告个别了，到底是一路同来的。李元妮的娘果真就把小达抱过去放在小登身边。谁知小登一见小达，呼地伸出一只手来，搭在了小达的肩上。小达吃了一惊，眼睛就啪地睁开了，气顿时喘得粗大起来，脸上竟有了红晕。李元妮的娘顿着小脚连连称奇，说小登把元气送过去给小达了——姐姐这是在救弟弟呢。

从那以后小达就一直和小登睡一张床上，果真借着些小登的元气，渐渐地就长壮实了。小达似乎知道自己的命原是小登给的，所以从小对小登在诸事上都是百般忍让，不像是小登的弟弟，倒更像是小登的哥哥。

李元妮拨弄了半天，也弄不醒两个孩子，却看见两人的头底下都枕着个书包，便忍不住笑。那书包是孩子他爸出车经过北京时买回来的，一式一样的两个，绿帆布底子，上面印着天安门和"首都北京"的字样。孩子们名都报上了，只等着九月就上小学了。昨晚吃饭的时候他爸把书包拿出来，两个孩子见了就再也不肯撒手，一晚都背在身上。李元妮去抽书包，一抽两个孩子就同时醒了，倏地坐了起来，两眼睁得如铜铃。

李元妮在各人脑勺上拍了一巴掌，说快快，早饭都装饭盒里了，边走边吃。太阳这么毒，赶早不赶晚。说着就和万师傅去推自行车。万家有两辆自行车，一辆是二十八寸的永久，是万师傅骑的，一辆是二十六寸的凤凰，是李元妮骑的。虽都是旧车，李元妮天天用丈夫带回来的旧丝棉擦了又擦，擦完了再上一层油，两个钢圈油光铮亮的，很是精神。

李元妮的娘家虽然住得不算太远，可是骑车也得一两个小时。大清早出门，太阳已经晒得一地花白，路上暑气蒸腾，树叶纹丝不动，知了扯开了嗓子声嘶力竭地叫喊，嚷得人两耳嘤嗡作响。万师傅的车子最沉，车头的铁筐里装的是果脯茯苓饼山楂膏，那都是从北京捎回来孝敬丈母娘的。后头的车架上坐着儿子小达，儿子手里还提着一个网兜，兜里是两条过滤嘴的凤凰烟，那是给老丈人的。李元妮的车子就轻多了，车梁上只挂了小小一个水壶，后架上坐着女儿小登。儿子是叉着两腿骑在后车架上的，女儿懂事了，知道女孩子不该那样，就并拢两腿偏着身子坐在单侧。一家人风风火火光光鲜鲜地一路骑过，惹得一街人指指戳戳的——却是不管不顾的。

那天万师傅戴的是一顶蓝布工作帽，原是为遮阳的，结果攒了一头一脑的汗。那汗顺着眉毛一路挂下来，反倒眯了眼。索性就将帽子取下来，一边当扇子扇着，一边就问李元妮，我说娃他娘，要不把他舅接家来住几日？孩子们跟老舅最亲。李元妮说好倒是好，只是住哪儿？万师傅说反正我明天出车，先去天津，转回来再去一趟开滦，转一圈一个星期才回来。他舅来了，跟小达搭铺，小登跟你睡，不就妥了？

小达在车后踢蹬了一下腿，说我不嘛。李元妮就骂，怎么啦你，不是成天说等老舅来了教你打枪的吗？小达哼了一声，说我还是跟姐睡，你跟舅睡。万师傅听了嘿嘿嘿地笑，说娃他娘，你看看，你看看，别家的孩子总扯皮打架，我们家这两个是掰都掰不开呀。

骑了两三刻钟，就渐渐地出了城，天地就很是开阔起来，太阳也越发无遮无拦了。小达直嚷渴，李元妮递过水壶，让小达喝过了，又问小登喝不。小登不喝，却说饿了。李元妮说饭盒里有昨天剩下的馒头，自己拿着吃吧。小登说谁要吃馒头呢？我要吃茯苓饼。李元妮就骂，说这丫头什么个刁嘴，那是给你姥姥的，哪就轮到你了？小登的脸就黑了下来，哼了一声，说那我就等着饿死。万师傅听不得这话，就对李元妮说不就一个茯苓饼吗？两大盒的，哪就缺她那一张了？李元妮刀子似的剜了万师傅一眼，说那还是你闺女吗？我看都成你奶奶了。两个孩子就在后头咪咪地笑。

他们便找了一片略大些的树荫，将车停下了。李元妮从盒子最上头小心翼翼地抽了两张茯苓饼，一张给小登，一张给小达。小登撕了一小块慢慢地嚼着，一股甜味在舌尖清凉地流淌开来。突然，她停了下来，那股来不及疏散的甜味，在喉咙口集聚成了一声惊惶的呼喊。

她看见路边有一些黑色的圆球，排着长长的队列，旁若无人地爬行着。后面的咬着前面的尾巴，前面的咬着更前面的尾巴，看不出从哪里开始，也看不见在哪里结束，歪歪扭扭地一路延伸至原野深处。

过了一会儿她才明白过来，那些圆球是老鼠。

▼ **1976 年 7 月 28 日　唐山市丰南县**

万小登对这个晚上的记忆有些部分是极为清晰的，清晰到几乎可以想得起每一个细节的每一道纹理。而对另外一些部分却又是极为模糊的，模糊到似乎只有一个边缘混淆的大致轮廓。很多年后，她还在怀疑，她对那天晚上的回忆，是否是因为看过了太多的纪实文献之后产生的一种幻觉。她甚至觉得，她生命中也许根本不存在这样的一个夜晚。

那夜很热。其实世上的夏夜大体都是热的，只是那个夏夜热得有些离谱。天像是一口烤了一天的瓦缸，整个地倒扣在地上，没有一线裂缝，可以漏进哪怕细细一丝的风来。热昏了的不仅是人，还有狗。狗汪汪地从街头咬到街尾，满街都是连绵不断的狂吠。

万家原来是有一架电风扇的，那是万师傅用了厂里的旧材料自己装搭的。可是这架电风扇已经在昼夜不停的行使中烧坏了机芯，所以万家那晚和所有没有电风扇的邻里们一样，只能苦苦地干熬着。

母亲李元妮这晚一个人睡一张床。父亲出车了，两个孩子和小舅挤在另一张床上。母亲和舅舅不停地翻着身，蒲扇噼噼啪啪地拍打在身上，声若爆竹。

"老七呀，上海那地方，吃的跟咱们这地方不一样吧？"母亲问对过床上的小舅——小舅的部队驻扎在上海郊区。

"什么都是小小的一碗，看着都不敢下筷子，怕一口给吃没了。倒是做得精细，酸甜味。"

母亲羡慕地叹了一口气，说难怪南方那些女子细皮嫩肉的，人家是什么吃法？咱是什么吃法？听说南边天气也好，冬天夏天都没咱这儿难熬吧？

"人家是海洋性气候，四季分明。冬天比咱们这儿暖和多了，夏天白日也热，到了晚上就凉快了，好睡觉呢。"

黑暗中母亲的床上有了些窸窸窣窣的响动，小登知道是母亲在脱衣服。母亲从来不敞怀睡觉的，可是这几天母亲实在熬不住了。

"你说小七啊，今年是不是热得有些邪乎？你看看小登小达身上的痱子，都抓得化了脓，他爸回来见了那个心疼啊。"

小舅就嘿嘿地笑，说我姐夫平日见了谁都是个黑脸，可就见了这两个小祖宗，一点脾气也没有。

母亲也笑，说你还没见过他爷爷奶奶的样子呢。你姐夫家三个儿子，才有小达这么一个孙子，他爷爷奶奶恨不得把小达放在手掌心上当菩萨供起来呢。

小舅摸了摸小达的腿，瘦瘦的，却很是结实。没动静——大约是睡着了。"这孩子身子骨倒是长好了呢，性情也好，是个招人疼的样子。不过我看姐夫，倒是更宠小登些呢。"

"闺女长大了是爹娘的贴身棉袄，不过小登这孩子的脾气，唉！"母亲长长地打了个哈欠，说七你睡吧，这两个冤家缠你讲了一夜的话，也倦了。

舅舅嗯了一声，蒲扇声就渐渐迟缓地低落了下去，间隙里响起了些细细碎碎的鼻鼾。小登的眼皮也黏耷了起来，却觉得湿黏黏的席子上，有一万只虫子在蠕动啮咬着。她听见母亲摸摸索索地下了床，黑暗中不知撞着了什么物事，哎哟地呼了一声痛。小登知道母亲是要摸到院里去小解的。从前母亲都是用屋里的痰盂解手的，这几天实在太热，解在屋里味太浓，母亲才出门去的。母亲终于踢踢踏踏地走到了院子里，小登依稀听见母亲在窗外自言自语地说了一句："天爷，这天咋就亮得这么……"突然间惊天动地的一阵巨响，把母亲的半截话刀一样地生生切断了。

小登的记忆也在这里被生生切断，成为一片空白。但空白也不是全然的空白，还有一些隐隐约约的尘粒，在中间飞舞闪烁，如同旧式电影胶片片头和片尾部分。后来小登努力想把这些尘粒一一收集起来，填补这一段的缺失，却一直劳而无益——那是后话。

等她重新记事的时候，她只感觉到了黑暗。不是夜里关灯之后的那种黑暗，因为夜里的黑暗是有洞眼的。窗帘缝、门缝、墙缝，任何一条缝隙都可以将黑暗撕出隐约的破绽。可是那天小登遭遇的黑暗是没有任何破绽的，如同一条完全没有接缝的厚棉被，将她劈头盖脸地蒙住了。刚开始时，黑暗对她来说只是一种颜色和一些泥尘的气味，后来黑暗渐渐地有了重量，她觉出黑暗将她的两个额角挤得扁扁的，眼睛仿佛要从额上爆裂而出。

她听见头顶有些纷至沓来的脚步声，有人在喊苏修扔原子弹了。那声音里有许多条裂缝，每一条裂缝里都塞满了恐慌。她也隐隐听见了母亲含混沉闷的呻吟声，如一根即将断裂的胡琴弦，在一个似乎很近又似乎很远的地方断断续续地嘤嗡着。她想转身，却发现全身只有右手的三个指头还能动弹。她将那三个手指前后左右地拨拉着，就拨着了一件软绵绵的东西——是一只手，却不是母亲的手，母亲的手比这个大很多。小……小达。她想叫，她的声音歪歪扭扭地在喉咙里爬了一阵子，最后还是断在了舌尖上。

一阵哗啦的瓦砾声之后，母亲的声音突然清晰了起来。

"七，七，找件衣服，羞死人了。"

"救人要紧，还管这个。"这是小舅的声音。

母亲似乎被提醒，忽然凄厉地喊了起来："小登啊小达……"母亲那天的呼喊如一把尖锐的锉刀，在小登的耳膜上留下了一道永远无法修复的划痕。

小达突然松开了小登的手，剧烈地挣动起来，砰砰地砸着黑暗中坚固无比的四壁。小登看不见小达的动作，只觉得他像陷在泥潭里的一尾鱼，拼死也要跳出那一潭的泥。小登动了动右手，发现似乎有些松动，就把全身的力都押在那只手上，猛力往上一顶，突然，她看见了一线天。天极小，小得像针眼，从针眼里望出去，她看见了一个浑身是血的女人。女人只穿了一件裤衩，胸前一颤一颤地坠着两个裹满了灰泥的圆球。

"妈，妈!"

小达声嘶力竭地喊了起来。小登说不出话来，小达是两个人共同的声音。小达喊了很久，小达的声音渐渐地低了下去："难受啊，姐。"小达沉默了，仿佛知道了自己的无望。

"天爷，小……小达在这底下。来……来人啊。"那是母亲的呼叫。母亲那天的声音一点儿也不像是母亲，母亲的声音更像是一股脱离了母亲的身体自行其是的气流，在空气中犀利地横冲直撞，将一切拦截它的东西切割成碎片。

一阵纷乱的脚步声，那一线天空消失了——大约是有人趴在地上听。

"在这……这里。"小达有气无力地叫了一声。

接着是母亲狼一样的咆哮喘息声，小登猜想是母亲在扒土。

"大姐，没用，孩子是压在一块水泥板底下的，只能拿家伙撬，刨是刨不开的。"

又是一阵纷乱的脚步声，有人说家伙来了，大姐你让开。几声叮当之后，便又停了下来。有一个声音结结巴巴地说："这……这块水泥板，是横压着的，撬……撬了这头，就朝那头倒。"

两个孩子，一个压在这头，一个压在那头。

四周是死一样的寂静。

"姐，你说话，救哪一个？"是小舅在说话。

母亲的额头嘭嘭地撞着地，说天爷，天爷啊。一阵撕扯声之后，母亲的哭声就低了下来。小登听见小舅厉声呵斥着母亲："姐，你再不说话，两个都没了。"

在似乎无限漫长的沉默之后，母亲终于开了口。

母亲的声音非常柔弱，旁边的人几乎是靠猜测揣摩出来的。可是小登和小达却都准确无误地听到了那两个音节，以及音节之间的一个细微停顿。

母亲石破天惊的那句话是：

小……达。

小达一下子拽紧了小登的手。小登期待着小达说一句话，可是小达什么也没说。头顶上响起了一阵滚雷一样的声音，小登觉得有人在她的脑壳上凶猛地砸了一锤。

"姐哦，姐。"

这是小登陷入万劫不复的沉睡之前听到的最后一个声音。

也不知过了多久，天终于渐渐地亮了起来。那天的天象极丑，遍天都堆满了破棉絮似的云。大地还在断断续续地颤抖着，已经夷为平地的城市突然间开阔了起来，一眼几乎可以看到地平线。失去了建筑物，天和地之间不再有明显的界线，只剩了一片混混沌沌的不知从何开始也不知到何结束的瓦砾。

那天，人们在一棵半倒的大槐树旁边，发现了一个仰天躺着的小女孩——是刚刚挖掘出来还来不及转移的尸体。女孩一侧额角上有一大片血迹，身体其他部位几乎没有外伤。可是女孩的眼睛鼻孔嘴巴里，却糊满了泥尘——显然是窒息而死的。女孩身上穿的那件粉红色的小汗衫，已经破成了碎片。女孩几乎赤裸的身体上，却背着一个近乎完好的印着天安门图像的军绿书包。

"多俊的丫头啊。"

有人惋惜地叹了一口气，却没有人停下脚步来。一路上他们看见了太多这样的尸体。一路上他们还将看到更多这样的尸体。那天他们正用按秒计算的速度来考虑活人的事。那天和那天以后很长的日子里，他们都没有时间来顾及死人。

后来天下起了雨。雨裹挟着太多的飞尘和故事，雨就有了颜色和重量。雨点打在小女孩的脸上，绽开一朵又一朵绚烂的泥花。后来泥花就渐渐地清淡了起来，一滴在女孩的眼皮上驻留了很久的水珠，突然颤了一颤，滚落了下来——女孩睁开了眼睛。

女孩坐起来，茫然地看着完全失去了参照物的四野。后来女孩的目光落在了身上的那只书包上，散落成粉粒的记忆渐渐聚集成团，女孩想起了一些似乎很是久远的事情。女孩站起来，摇摇晃晃地撕扯着身上的书包带。书包带很结实，女孩撕不开。女孩就弯下腰来咬。女孩的牙齿尖利如小兽，经纬交织的布片在女孩的牙齿之间发出凄凉的呻吟。布带断了，女孩将书包团在手里，像扔皮球一样狠命地扔了出去。书包在空中飞了几个不太漂亮的弧旋，最后挂在了那棵半倒的槐树上。

女孩只剩了一只鞋子。女孩用只有一只鞋子的脚，寻找着一条并不是路的路。女孩蹒跚地走了一阵子，又停了下来，回头看她走过的那条路。只见她扔的那个书包如同一只被猎人射中了的老鹞，在树杈上耷拉着半拉肮脏的翅膀。

▼ 2005 年 12 月 24 日　多伦多

门铃叮咚一声，将王小灯吓了一跳。

谢天谢地，总算回来了。

小灯捂着胸口，朝楼下跑去，可是丈夫杨阳已经抢在她前头去开了门。

门口站着一队穿着束腰紧身长裙和红披风的女子，手里各拿着一本乐谱——是救世军的圣诞唱诗班。

为首的那个女子将提琴轻轻一抖，一阵音乐水似的淌了出来：

> 以马内利，恳求降临！
> 救赎被掳以色列民；
> 沦落异邦，寂寞伤心，
> 引颈渴望神子降临。

小灯收住脚步，闭着眼睛捂住耳朵，坐在楼梯拐角的那片黑暗之中。她知道此时窗台上的那棵圣诞树正在一闪一闪地发着金色和银色的光，路上的积雪已经被街灯涂抹得五彩斑斓。她知道此刻风中正刮扬着一团一团的欢声笑语，唱歌的女人腕上有一些铃铛在叮噹作响。她知道这是一年里一个不眠的夜晚，可是这些色彩、这些声响似乎与她完全无关，今天她受不了这样的张扬。

　　欢欣！欢欣！

　　以色列民，以马内利定要降临！

　　小灯的脑壳又开始疼了起来。

　　小灯的头疼由来已久。X光、脑电图、CT扫描、核磁共振，她做过世上科学所能提供的任何一项检查，却没有发现任何异常。多年来她试过中药、西药、针灸、按摩等等的止疼方法，甚至去印第安部落寻过偏方，可是一直没有效果。她曾经参加过一个有名的医学院举办的疼痛治疗实验，一位研究成果斐然的医学专家让病人一一描述自己的疼痛感觉。有人说针扎。有人说虫咬。有人说锥钉。有人说刀砍。有人说绳勒。

　　轮到小灯时，小灯想了很久，才说是一把重磅的榔头在砸——是建筑工人或者铁匠使用的那种长柄方脸的大榔头。不是直接砸下来的，而是垫了好几层被褥之后的那种砸法。所以疼也不是尖锐的小面积的刺疼，却是一种扩散了的、沉闷的、带着巨大回声的钝疼。仿佛她的脑壳是一只松软的质地低劣的皮球，每一锤砸下去，很久才能反弹回来。砸下来时是一重疼，反弹回去时是另外一重疼。所以她的疼是双重的。专家听完了她的描述，沉默许久，才问：你是小说家吗？

　　她的头疼经常来得毫无预兆，几乎完全没有过渡。一分钟之前还是一个各种感觉完全正常的人，一分钟之后可能已经疼得手脚蜷曲，甚至丧失行动能力。为此她不能胜任任何一个需要持续地与人打交道的职业，于是她一而再再而三地丢失了一些听上去很不错的工作，比如教授，比如图书管理员，再比如法庭翻译。她不仅丢失了许多工作机会，到后来她甚至不能开车外出。有时她觉得是她的头疼症间接地成全了她的写作生涯。别人的思维程序是平和而具有持续性的，而她的思维却被一阵又一阵的头疼剁成许多互不连贯的碎片。她失去了平和，却有了冲动。她失去了延续的韧性，却有了突兀的爆发。当别人还躺在日复一日年复一年的惯性中昏昏欲睡时，她却只能在一场场头疼之间的空隙里，清醒而慌乱地捡拾着思维的碎片。她只有两种生存状态：疼和不疼。疼是不疼的终止，不疼是疼的初始。这样的初始和终结像一个又一个细密的铁环，镣铐似的锁住了她的一生。从那铁环里挤出来的一丁点情绪，如同一管水压极大而出口极小的龙头，竟有了出其不意的尖锐和力度。除了成为作家，她不知道该拿这样的冲力来做何用。

即使捂着耳朵，小灯也听得见楼下混乱的"圣诞快乐"声，那是杨阳在和唱诗班的女人们道别。小灯猜得出他正摸摸索索地在口袋里寻找合适的零钱——那些女人圣诞夜到街上来唱诗，是给救世军筹款的。自从小灯和杨阳在六年前搬到这条街上来之后，几乎年年都是如此。

可是今年的圣诞节和往年不一样。

因为今年他们没有苏西。

苏西是小灯和杨阳的女儿。苏西昨天出走了。

其实这不是苏西第一次出走。苏西从九岁开始，就有了出走的记录。不过基本上都是那种走到半路又拐回来，或者走到公园里，在树荫底下发一会儿呆就回家的小把戏。导致苏西出走的原因有很多，有时是因为一缕染成紫色的头发，有时是因为一件露出肚脐眼的上装，有时是因为一张不太出色的成绩报告单。苏西脾气不怎么好，苏西可以为小灯任何一句内容或语气不太合宜的话而生气。可是苏西的脾气如热天的雷阵雨，来得极是迅猛，去得也极是迅猛。在小灯的记忆中，苏西不是个记仇的孩子。

可是这一次的出走和以往任何一次都不一样，因为这次苏西没有回家过夜。小灯给苏西所有的同学朋友都打过电话，没有人知道苏西的行踪。当然，小灯也给警察局打过电话。节假日里这样的出走案子很多，警察局只轻描淡写地说了一句"四十八小时没消息再来报警"，就将小灯的电话挂了。

我真傻，怎么会是苏西呢。苏西有钥匙，苏西绝对不会揿门铃的。

杨阳不知什么时候已经上了楼，坐到了小灯身边。

其实昨天早上见到苏西的时候，小灯就知道苏西这回是来真格的了。当时小灯正趴在苏西的电脑上，一页一页地查看着苏西的网络聊天记录——苏西和同学约好出去逛商店了。小灯看着看着就入了神，竟忘掉了时间。后来觉出背上有些烫，回头一看，原来是苏西。苏西的眼睛一动不动的，就把小灯的脊背看出了两个洞。小灯的表情在经历了多种变换之后，最后定格在嘲讽和质问中间的那个地带。

谁是罗伯特？你从来没有和你自己的母亲说过这么多话。小灯冷冷地说。

苏西的脸色唰地变了，血液如潮水骤然退下，只剩下嶙嶙峋峋的苍白。苏西一言不发，转身就走。噔，噔，噔，噔，她的脚板擦过的每一寸地板都在咻咻地冒着烟。

你，去，把她追回来。

小灯的大脑在对小灯的身体说。可是小灯的大脑指挥不了小灯的舌头，也指挥不了小灯的腿。小灯如一条抽了筋剔了骨的鱼，耳听着苏西的脚步咚咚地响过楼梯，响过门厅，最后消失在门外，却软软地瘫在椅子上动弹不得。

"小灯，也许，你用不着管得那么紧的。"杨阳迟迟疑疑地说。

"你是说，我也管你太紧，是吗？"小灯陡地睁开眼睛，直直地看着杨阳。杨阳不敢接那样的目光，杨阳垂下了头。

"你让她在你眼皮底下犯点小错，也总比你看不见她好。"

"她还没到十三岁，别忘了咱们自己十三岁的时候……"

小灯被戳着了痛处，弹簧一样地跳了起来，眼睛似乎要爆出眼眶。小灯逼得近近的，唾沫星子凉凉地飞到杨阳的鼻尖上。

"对你不了解的事情，请你最好闭嘴。我比十三岁小很多的时候，就已经是大人了。你别拿女儿做由头，我知道你是要我不管你，你就好和你那个说不清是哪门子的学生，有足够的私人空间，是不是？"

"请你，不要扯上别人。你自己是影子，所以你只能在别人身上找影子。"

杨阳转身慢慢地朝楼下走去。杨阳走路的样子很古怪，两个裤脚在地上低低地拖着，仿佛被截去了双脚。

"别人都是影子，只有她是阳光。可惜……"

小灯的话还没说完，杨阳却已经走远了。杨阳走到大门口，又回过头来，叹了一口气，说王小灯你要是有本事，就把天底下的人都拴到你的腰上管着。

门咣的一声带上了，窗玻璃在嘤嗡地颤动。小灯很想抓住一样东西狠狠地摔到墙上，摸来摸去，身边竟没有一样可抓的，只好把指头紧紧地捏在手心，听凭指甲钉子似的扎进肉里，身子却咯咯地发起抖来。

靠不住啊，这世上没有一样狗东西是靠得住的。小灯恨恨地想。

她知道，这个圣诞节她只能是一个人过了。

▼ 1976 年 8 月 1 日　大连　海港医院

手术室的医生护士最近几天都吃住在医院。唐山、天津转移来的伤员源源不断，外科病房的每一个床位都已经占满，走廊上又加出了许多临时床位。从主任医生到新上任的小护士，所有的人都难免露出些手忙脚乱的神情。虽然备战备荒是一句熟到睡梦里都可以脱口而出的口号，落到实处才知道应急的本事原本不是一天里练就的。

"醒了，醒了！"

一个刚刚独立当班的年轻护士飞快地从病房里跑出来，冲进了值班室。

三个值班的护士一起抬起头来，异口同声地"哦"了一声——声音里都有一丝抑制不住的惊喜。不用问，她们都知道她嘴里那个醒了的，是 11 号床的万小达。

"醒了""死了"是这几天她们之间最频繁的话题，寻常得就像是说"吃饭""睡觉"一样，没有人会为此一惊一乍。寻常岁月里耗其一生才能参透的生死奥秘，一次天灾轻轻一捅就露出了真相，再无新奇可言。从敏感脆弱到麻木不仁，中间其实只经过了一场地震。在这之前，她们从来不知道，她们的心居然能磨出如此粗糙坚实的老茧。但总还有那么一两处的肉，是长在死角里，老茧爬来爬去永远也够不到的。那些肉在心最深最底里处，不小心碰着了，依旧连筋连骨地疼。

万小达就是在不经意间碰着了她们心尖上的那块肉的。

万小达送到医院的时候，整个右半边身子都打着绷带，也看不出伤势轻重。辗转的旅途中他一直昏睡着。当护士把他从救护车上抬下来的时候，她们不约而同地注意到了他的长相。他的皮肤白若凝脂，看不见一个毛孔。睫毛如两把细齿的梳子，密密地覆盖在眼皮之上。嘴角上有两个浅浅的酒窝，似乎永远在微笑。头发有些微微地卷曲，在汗湿的额角上堆成一个个小小的圆圈。在她们极为有限的审美词语里，还没有出现"米开朗琪罗"和"大卫"之类的字眼，她们只是惊讶一个小县城里竟然会存在这样一个俊秀的孩子——当时她们都把他误认为女孩。后来她们看见他睁开了眼睛。当她们看见他的眼睛时，她们才意识到其实她们的惊讶在那时才真正开始。

后来她们拆开了他的绷带，才发现他的右手从肩膀之下都已经被砸成了肉泥，肘部的骨头裸露在外。在完全没有使用镇痛药物的情况下，他一直没有哭。哭的反而是护士——在外科医生还没到来之前，她们就已经知道截肢是唯一的方案了。美丽她们见识过，残缺她们也见识过，只是把这样的残缺安置在这样的美丽之上，却是一种她们无法容忍的残酷。

推入手术室时，小达突然醒了过来，是一种不知身在何处的茫然。护士抚摸着他汗湿的头发，说乖啊，你再睡一会儿，醒来就好受了。小达像离了水的鱼似的翕动了一下嘴巴，模模糊糊地说了一句什么话。护士贴得很近，却听不真切，似乎在叫妈，又似乎在叫姐。护士叹了一口气，悄悄地问旁边的人这一家活了几口，却没有人知晓。这是护士们这几天接收新伤员时最经常问的一个问题，只是问到小达时，不知怎的，她们不约而同地换了一种问法。她们问的是活了几口，而不是死了几口。

小达截肢手术之后两天里一直持续高烧，昏迷不醒。使用了多种抗菌素，并在病床周围放置了许多冰块物理降温，却都没有效果。早上主治医生来查房的时候一言不发，脸色阴沉得随时能拧出水来。护士们就都明白这孩子怕是没指望了。

没想到这天中午小达却突然毫无预兆地醒了过来。

小达醒过来，只见阳光炸出一屋的白光，空气里飞舞着无数金色和银色的尘粒。满屋都是穿着白大褂的人，风一样地闪进来，风一样地闪出去，话语声却细如蚊蝇嘤嗡飞行。身边的床铺上，有一个精瘦的老汉正咚咚地砸着自己的脑壳，"天爷啊天爷"地喊着。小达只觉得有一线奇痒，如细细一队的虫蚁，正沿着他的手掌心，一路蜿蜒地爬到了肩膀。

小达忍不住噭地叫一声。

两件白大褂云一样地落在他的床前，一老一少两张脸同时绽开一朵硕大的惊喜："孩子啊，你到底醒了。疼吗？"

"痒，手。"小达有气无力地说。小护士坐下来，将他的手摊在自己的腿上，轻轻地挠了起来。小达觉得小护士的腿仿佛是一垛新棉，落上去就立时陷进了一团无底的柔软。

小达忍了一会儿，没忍住，终于摇了摇头，说阿姨，是那只手。

小达完全不明白，为什么这么简单的一句话，却能让小护士泪流满脸。

老护士叹了口气，对小护士说你去吧，把他妈推过来。小达的母亲李元妮是和小达同批送来的，就住在隔壁的女病房。李元妮的伤在腿上。李元妮被刨出来的时候只有点轻微的擦伤，后来为了找一床席子而爬进残存的半间屋里。席子都拖出屋来了，却遇上了余震，一块碎石砸下来，砸成了大腿骨折。

小护士跑进病房的时候，李元妮正直直地躺在病床上，白色的床单一路拉到鼻子上，只露出两只眼睛，却是紧闭着的，也不知是睡是醒，头发上有些光亮闪烁不定。小护士走近了，隐隐听见一些窸窸窣窣的声响，如饱足的蚕在缓慢地爬过桑叶，又如种子在雨后的清晨里破土生芽。小护士呆立了一会儿，才渐渐明白那是白头发在噬噬生长——二十六岁的李元妮一夜之间白了头。

小护士叫了两声，李元妮才睁开眼睛，小护士一眼看见了两个深井一样的黑洞，不见底，也不见波纹。

"李元妮，你儿子醒了，烧退下去了。"

一丝风吹过，波纹漾起，井里微微地有了水的印记。

小护士推着李元妮去了隔壁的病房。进了门，母子两人见过，一个叫了声小达，一个叫了声妈，声音都有些嘶哑。半晌，小达才说妈我的右手没了。

说这话的时候小达嘴边的两个小窝跳了一跳，脸上荡漾开隐隐一丝的笑意。

小护士的眼圈又红了。老护士狠狠地瞪了她一眼，蹲下身来，轻轻抓起小达的左手，说孩子啊，世界上有好多人都用左手工作的，你出院后就该进学校了，正好从头开始学用左手写字呢。

"你爸从小就是左撇子，往后你就跟你爸学。"

说这话的时候，李元妮并不知道她的丈夫已经不在世上了。万师傅是在途中的一家招待所里遭遇地震的，一层楼整个塌陷，他和同房间的两个同事无一生还。只是噩耗还需要几天才能传到李元妮耳中。

"妈，是你，把姐姐，弄丢的。"

突然，小达直直地看着李元妮，一字一顿地说。

小达的话如一根钢针，戳破了一个刚刚有些鼓胀起来的气囊，李元妮的身子一下子软了下去。

"她，连个遮盖的也没有啊……"李元妮泣不成声。

老护士叹了一口气，对小护士说："她女儿，刨出来就死了。她想找张席子给盖上，一转身，尸体就让人抬走了。"

▼ 1976 年初秋　唐山市 某军驻地

那个夜晚是一个异常阴郁的夜晚，天低得仿佛一伸手就能捅得着，云如吸满了水的旧棉絮，任何一阵风随意吹过，都能刮出几滴脏雨来。

窝棚里有一些窸窸窣窣的声响——那是纸、剪子和手指相撞时发出的声音。

先把纸裁成小方块，再把五层方块纸叠在一起，折成长条，中间用绳子扎起来。再把长条纸的两头剪成尖角或者圆角，然后一层一层剥开。

几个战士在教孩子做纸花。尖瓣的，圆瓣的。当然，都是白颜色的。

大人们在回避着彼此的目光。此时任何一次不经意的目光相遇，都能引发出一声不经意的叹息。而任何一声不经意的叹息，都能引发出一场惊天动地的哭号。

孩子们已经哭了一天了。

他们认为永远不会死的那个人，却死了。那枚永远不落的红太阳，竟然坠落了。

地陷的时候，也惊惶，却总觉得还有天盖着。有天盖着的地，怎么也还是地。可是等天也塌下来了，地就彻底没有了指望。孩子们在这短短的一个多月里已经经历了天塌地陷，孩子们哭过了太多的回合。孩子们的生命如同一首开坏了头的歌，不知将来还能不能唱回到正调上来。大人们不知道。大人们只是舍不得让他们再哭了，所以大人只有自己隐忍着。

"怎么用这只手，你这孩子？"

一个战士发现角落里那个孩子在用左手使剪子。那个孩子低着头，眼睛近近地凑在纸上，刘海随着鼻息在额上一起一落。那个孩子使剪子的姿势还很生疏，剪出来的纸上有一些歪歪斜斜的毛边。战士把那个孩子左手里的那把剪子拿下来，塞进右手，说你赶紧换过来，养成习惯就难改了。那个孩子果真便用右手来剪纸，剪了几下，剪子吭当一声落到了地上。

"我的手，断了。"那个孩子说。

战士吓了一大跳。这几个孩子是还没有来得及安置的孤儿，暂时收留在这里，都经过身体检查了。战士在这一个月的救护中多少学会了些医务常识，战士把那个孩子的右手抻直了，前后左右地甩了几下，硬硬的很有劲道。于是战士说话的语气就有些严肃起来："你的手好好的，从今天开始，再也不许用左手。"

那个孩子捡起剪子——用的依旧是左手，也不抬头看战士，却低声地说："你又不是 X 光，你怎么看得出我的手没断。"周围的孩子叽叽咕咕地笑了起来，眼泪的废墟上毫无过渡地生出了快乐的绿意。"叔叔，她有神经病。"一个男孩趴在战士耳边说。

那个孩子咚的一声扔了剪子，倏地站起来，飞也似的跑了出去。战士忍不住对旁边的另一个战士说这孩子真怪，今天多少人都哭了，就她不哭。另外那个战士说岂止是今天不哭，我从来就没见她哭过。医疗站的人说她是脑震荡后遗症，全记不得地震以前的事了。先头的那个战士就说："听指导员说有一对夫妻要来认领一个孩子，我看把那个孩子给他们最好——不记得从前的事，正好培养感情。"

战士口里的那个孩子其实是一个代名词。这是一个没有名字的孩子，所有的人只好用"那个孩子"这样一个笼统的称呼暂时作为她的名字。

她是在震后的第三天被一个战士找到的。当时她蜷成一个小团，老鼠似的睡在一辆军车的座位底下。没有人知道她是从什么地方爬上来的，也没有人知道她到底在座位底下藏了多久。她身上披着一块满是破洞的塑料布，头发结成一条一条蚯蚓似的泥绳。她一侧额角上有一片伤口，不深，却面积很大。当战士把她从车里抱出来的时候，她在战士身上烫烫地撒了一泡尿——她的神志已经模糊了。

后来战士喂她喝了半个水果罐头，她就清醒过来了。问叫什么名字，她不说话。问父母叫什么名字，她还是不说话。又问家住哪里，她依旧不说话，却突然紧紧拽住右手，说手断了，我的手断了。她说这话的时候，疼得浑身颤抖，额上冒出泥黄的汗珠。战士急急地将她送到了急救站，医生做了全身检查，却没有发现任何骨伤。

失忆症加上受害妄想症，大灾祸之后的常见病。医生说。

医生清理包扎了头伤，就把她送到了驻地暂时收养。

那个孩子总体来说是个容易管教的孩子，话很少，也从不和大人作对。只是她看人的时候眼睛总是定定的，仿佛要把人看出两个洞来，没有人敢接那样的目光。她的沉默是一条绳索——经过地震的孩子都记得那种圈在某处废墟之上的绳索。绳索本身并不具有任何威慑力，真正让人心存恐惧的是绳索所代表的那个符号。所以那个孩子在这一群孩子中间尽管没有朋友，却也没有明显的敌人——没有人敢欺负她。

过了几天驻地来了一对中年夫妻，要见那个孩子。指导员把她叫出来，说王叔叔和董阿姨要和你说话。那个男人和那个女人样子都很佝偻，带着劫后余生的惊魂未定。夫妻两人穿的都是一个颜色、一个式样的，显然是从某个救灾仓库发出来的工作服，女的戴了一副断了一只脚的宽边眼镜。见了她，都有些慌张，男人喀喀地咳嗽着，女人用衣袖窸窣地抹着清鼻涕。两人都用目光将她上上下下地舔了许多遍。目光不会说话，目光又说了许多的话。目光如蘸过温水的丝棉，擦去了她身上厚重的污垢，在他们的目光里她感觉清爽和暖。

半晌，女人颤颤地叫了她一声"娃呀"，眼里竟有了泪光。

等男人和女人走了，指导员才说王叔叔和董阿姨没有孩子，想领你去他们家，你愿意吗？其实她已经完全记不得那对夫妻的样子了，只依稀记得那女人的唇边有一颗形状模糊的黑痣，那颗痣随着女人的表情飘荡浮游着，使得女人的脸看上去有些生动亲近。

她轻轻地点了点头。

第二天那个孩子就搬入了王家的窝棚，成为王家的养女。王家的女人拉着那个孩子的手，问你真的，不记得你的亲娘了？那个孩子定定地看着王家的女人，说你就是，我的娘了。王家的女人又哭了起来，这回是欢喜的哭。

在后来办理领养手续的过程中，王家夫妇非常民主平等地那个孩子商量起名字的事。当时供选的名字有王小珏、王小苓、王小巍、王小砚、王小雅。王家的女人是教书的，起的都是温文雅致的名字。那个孩子呆呆地听着，不说好也不说不好。过了半晌，才说："小……小灯，好吗？"王家的女人问是哪个 deng，登山的"登"吗？那个孩子愣了一愣，又连连摇头，说不啊，不是，是电灯的"灯"。王家的女人拍案叫绝，说好一个小灯啊，你就是我们家的灯。

于是王家的户口本上，就有了一个叫王小灯的女儿。

▼ 2006 年 2 月 14 日　多伦多 圣麦克医院

当王小灯走进沃尔佛医生的办公室时，秘书凯西正在聚精会神地看一本探讨家居生活方式的妇女杂志。凯西对其中一则做草莓蛋糕的配方产生了浓厚的兴趣，所以一点也没有听见门响。后来在眼角的余光中她依稀扫到了一抹模糊的红云，抬起眼睛才发现是小灯。

小灯今天穿的是一件白色的呢子大衣，脖子上围了一条桃红色的围巾，大衣底下露出长长一截桃红色的裙裾。裙裾随着脚步窸窸窣窣地挪移着，在地板上开出一簇又一簇灿烂的桃花。

佛要金装。凯西突然想起了小灯《神洲梦》里一个篇章的名字。

"公车晚到……路滑……塞车……"小灯的声音很是疲弱，凯西把神经网眼绷到最细的那一号，才勉强兜住了几个字。

"沃尔佛医生要去蒙特利尔开会，五点半的飞机，你还有四十五分钟。"

小灯推开诊疗室的门，一眼就看见沃尔佛医生的办公桌上摆着一束玫瑰。玫瑰是白色的，花瓣裹得紧紧的，离盛开似乎还有一段路程。大约是刚送到的，塑料纸还没有揭开。塑料纸是透明的，层层交叠着，上面星星点点地印着些粉红色的心。

"生日吗？"小灯问。

"你没有吗？今天全城所有的人都应该拥有一朵。"

小灯这才想起今天是情人节，就低低一笑，说沃尔佛医生，我就是全城唯一的那个例外，否则我为什么要穿越大半个城市来看你呢？

　　沃尔佛医生也呵呵地笑了，说叫我亨利就好。其实，不一定非得要等别人送你一朵，你若能送给别人一朵也是不错的。

　　那你呢，亨利？你的花是送人的，还是人送的？

　　这女人有点厉害，至少在嘴上。沃尔佛医生心想。

　　上周的睡眠情况怎样？

　　小灯从皮包里取出一沓纸来，递给沃尔佛医生。

　　2月7日　全日睡眠大约2小时45分种。日间占30分钟，夜间分两三段，2:00到6:00之间。多梦。

　　2月8日　全日睡眠大约3小时，在夜间，1点以后，断断续续，多梦。

　　2月9日　全日睡眠3小时，白天1小时，夜晚2小时，大致4:00至6:00，还算完整。有梦。

　　2月10日　全日睡眠3小时，在夜间，1:00以后，分两三段，有一些梦，但不多。

　　2月11日　全日睡眠5小时！！！白天1小时，夜间从11:00左右至3:00，中间完全没有间断。有梦。这是服新药以来入睡最早睡得最好的一天。

　　2月12日　全日睡眠4小时，全在夜间，

12:30 以后入睡，有一些间断。梦少。

　　2月13日　全日睡眠再次达到5小时，全在夜间，有间断。多梦。

安慰剂开始起作用。沃尔佛医生在笔记本上写道。

讲讲你的梦。什么内容？

还是那些窗，一扇套着一扇的，很多扇。其实也不完全是在梦里出现，有时闭上眼睛就能看见。

窗是什么颜色的？

都是灰色的，上面盖满了土，像棉绒一样厚的尘土。

最后的那一扇，你推开了吗？

推不开。怎么也推不开。小灯的额角开始沁出细细的汗珠。

想一想，是为什么？是重量吗？是时间不够吗？

小灯想了很久，才迟疑地说：铁锈，好像是锈住了。

沃尔佛医生抚案而起，连说好极了，好极了。小灯，以后再见到这些窗户，就提醒自己，除锈。除锈，一定要除锈。记住，每一次都这样提醒自己。每一次。

这段时间，哭过吗？

小灯摇了摇头，神情如同一个做错了事的孩子。

可是亨利，我试过，我真的试过。今天，我以为我今天一定会哭的，可是我没有。

今天发生了什么事？

小灯不说话，却一下一下地揪着围巾上的坠子，揪得一手都是红线头。

亨利，有没有一种泪腺堵塞的病？我想哭的时候太多了，可就是流不出眼泪来。水管，就像是水管，在出口的地方堵住了。

小灯，也许堵塞的地方不在出口，而在根源。有一些事，有一些情绪，像常年堆积的垃圾，堵截了你正常的感觉流通管道。那一扇窗，记得吗？那最后的一扇窗，堵住了你的一切感觉。哪一天，你把那扇窗推开了，你能够哭了，你的病就好了。

亨利，我离好，大概还很远。小灯幽幽地叹了一口气。

他，今天，搬出去了。我们刚从律师楼出来，签了分居协议。

女儿呢，怎么办？

暂时跟他，等我好些了再商量。

是你，还是他，要走的？

是我要他走的，因为我知道他的心已经不在这儿了。他有一个学生，也是同事，一直很崇拜他的。

那么他呢？他也喜欢她吗？

不知道，他从来不提。

所以，你要抢在他之前，把话说出来。这样，感觉上，你在控制局面。你一直都是控制局面的那个人，是吗？

小灯吃了一惊。半晌，才说：亨利，这世上，没有一样东西，是你可以永久保存的。你以为你拥有了一样东西，其实，还没等你把这样东西捏暖和了，它就从你指头缝里溜走了。

可是，你为什么非要捏住它呢？也许，捏不是一个太好的方法？

不管怎么做，都没有用。亨利，这世上没有一样东西是你能留得住的。

也许，爱情不能。可是，亲情呢？

没有，亨利，一样也没有。包括亲情。

可是，你为什么还要穿得那么漂亮，今天？潜意识里，你是不是还想，留住他？

小灯又吃了一惊，半晌，才嚅嚅地说，我只是，想让他记住，我的样子，好的时候的样子。

那么，小灯，今天我们就来谈一谈你的婚姻吧。

▼ **1988 年暮夏—1989 年秋　上海 复旦大学**

有一阵子，当苏西还处在愿意黏黏糊糊地跟在小灯身后的年龄时，小灯曾经对苏西讲过 1988 年 8 月 29 日发生的一些事情。这天的经历小灯对苏西讲过多遍，每一遍都出现了一些细节上的差异。记忆如一块蛀满了虫眼的木头，岁月在上面流过，随意地填补上一些灰泥和油漆。日子一久，便渐渐地分不清什么是木头本身，什么是虫眼上的填补之物。好在苏西并不在意细节。苏西只是一遍又一遍地问：妈妈，如果那天你碰到的不是爸爸，我会出生在谁家？对这个充满了哲学意味的问题小灯没有答案。小灯只觉得那天是造就苏西生命的一个契机，那天也是老天敲在她身上的一个印记。那个印记之下，她后来的生活轨道已经无可更改地形成了——只是那时她还不知情而已。

1988 年 8 月 29 日，她到了上海。

在那次旅途之前，她一直以为她对上海已经相当熟稔了。她的母亲董桂兰是六年前患癌症去世的。董桂兰生前曾经在上海进修过半年。回来之后很长的一段时间里，董桂兰的话题依旧还是关于上海的。上海的吃。上海的穿。上海的花园洋房。上海的男人。上海的女人。小灯想象中那个模糊的上海轮廓被董桂兰一次又一次的重复述说修正剪切着，渐渐地准确而清晰起来。然而在六年之后，当小灯自己坐上了南下的火车，真正向上海行进的时候，她才突然意识到，她对上海的所有认知，其实都是从母亲那里得来的间接经验，没有一点是真正属于她自己的。

火车渐渐地向南方深入，窗外土壤和植被的颜色也渐渐地变得浓郁起来，停靠站卖小吃的吆喝声中已经有了她所不熟悉的口音。小灯心中那个一度很是清晰的上海形象却一砖一瓦地塌陷下去，越来越模糊残缺了。当她提着一个大箱子从车里下来，踏上那片被太阳晒得发软的柏油马路时，她终于明白了，她其实对这个城市一无所知。

那天在陌生的街道、陌生的人流、陌生的方言中她很快丢失了方向，她像一只落入了蜘蛛网的昆虫一样徒劳愚笨地寻找着一条出路。经过了似乎无限冗长的找车换车过程之后，她终于在接近傍黑的时候找到了复旦。旅途的疲惫如水，冲淡了她见到这所名校时的激动。尿意在穿越大半个城市的旅途中渐渐酝酿囤积，此时正尖锐地寻求着突破口。当她在外文系新生接待处的牌子前放下她的行李时，她已经憋得满脸通红。她不安地扭动着两腿，顾不得羞耻，急切地问：厕所在哪里？

　　接待站的工作人员劳累了一天，神情十分疲惫，印着"复旦"字眼的绿色 T 恤衫上蔓延着一片地图似的汗迹。他没有回答她的问题，只是验过了她的证件和入学通知书，又让她填了一张表格，然后才对身边的另一个人说：大杨你把她带去 9 号楼，106 室。

　　那个被人称作大杨的男人站起来，扛起她的行李，就领她上了路。男人极高也极壮实，她的大箱子放在他的肩上轻若草篮。男人三步两步就和她拉开了距离，她小跑着才勉强看得清他的头。男人的头浮游在嘈杂的人群之上，后脑勺上有一缕翘起的头发在随着脚步一蹦一蹦地跳动着。男人的衬衫很脏了，有一条一条的泥印，大约是扛行李之故——小灯猜想他是个校工。

　　男人走了一小阵子，突然停了下来，将小灯的箱子竖在地上，自己在箱子上坐了下来等小灯。小灯追上了，男人依旧坐着不动，却对旁边的一幢小楼努了努嘴，说左拐第三间，哪层都行。小灯没听懂，就愣在那里，男人说厕所呀，快去吧。

　　小灯飞快地跑进了厕所，蹲下来，撒了一泡平生最为畅快的长尿。在哗哗的声响里，她感觉一天的暑热一泻而去，身上顿时有了清凉。走出来，到了路上，虽然小腹还有些隐隐地疼——那是憋得太久了的疼，可脚下却生出腾云插翅似的轻快。她这才开始注意周遭的景致。只见眼前是一片极绿的草坪，草坪正中，是一座大理石的雕像。刚才走过的半程路里，他们已经绕到了石像的背后。即使看不见脸，小灯也知道那石像是谁。那草坪，那石像高举过头的手势，连同石像上方的那些云彩，都是她早已熟稔在心的。她在上高一的时候，就已经拥有了一套复旦校园的照片。这些年里她早已用目光把这些照片上的景致舔抚了无数次，到后来即使闭着眼睛，她也能重塑出那些景致的每一个棱角，每一层颜色。现在真正站在了景致的面前，她却觉得那石像、那草坪、那云彩，都比她想象中的矮小了一截。在那个暮夏的傍晚，当初起的江南夜风带着陌生的温软抚过她的脸颊时，小灯突然明白了什么是审美距离。

后来她开始注意到校园里来来往往的人群。骑自行车的大约是返校的学生，拖着行李步行的大约是来报到的新生。当然，居多的新生并不是自己背着行李的，身后那些负重的大人，应该是护送他们的父母。其实，她的父亲也是一再要送她来上海的，甚至都已经买好了火车票，是她坚决地拒绝了的。

"我的箱子是不是很重？我带了很多字典。"小灯看见男人眉毛上挂下来的汗珠，就有些不忍。

"什么东西对你来说都是重的，就你那个子。"男人得弯下腰来，才能和她说得上话。

"石家庄的，为什么不去北大？就在你们边上呢。"

"我妈妈说上海好。我有一个小时候的舅舅在上海当过兵，回家也总说上海好。我一直就想来上海。"

"什么叫小时候的舅舅，现在就不是你舅舅了？"

男人不过随意开了个玩笑，小灯的脸却骤然绷紧了。男人就是在这一刻里隐隐意识到了，这个叫王小灯的女孩子可能是有些脾气的。

半晌，小灯才缓了一口气，说其实，我也就想离家远点。

男人呵呵地笑了，说这也正常，在你这个年纪，所有的人都渴望离家出走。

很快他们就到了小灯的宿舍楼，天还是热，楼道里走动着一些衣着单薄的女孩子，大杨不便进去，就把小灯的行李放在楼道门口。"尽量找个靠窗的下铺——如果还没有被占满的话。"大杨吩咐说。

小灯急急地进去了，竟忘了谢大杨。转身再跑出来，大杨还等在宿舍门口。大杨从口袋里掏出一沓饭菜票，说放下行李先去吃饭，食堂很快就要关门了。小灯说那我怎么还你？大杨在一张饭票的背面写下了自己的名字和楼房号，就走了。

小灯这才知道大杨的名字叫杨阳。

小灯进了自己的宿舍,发现那是一个有八个铺位的房间。靠窗的四个上下铺位已经被人占去了三个,还剩了一个上铺。就拉出一张凳子来,踩着凳子把箱子举到了那个空着的上铺,又爬到铺位上坐了下来。房间里很安静——比她早来报到的同学可能都去食堂吃饭了。小灯绷了一天的神经,终于在这一刻松弛了下来。她咚的一声踢蹬了鞋子,十个脚趾在渐渐浓起的暮色中开成两朵怒放的花。

好了,那一页,终于翻过去了。小灯喃喃地对自己说。

晚上吃完饭后,小灯带着新买的饭菜票,按照杨阳留的那个地址去找杨阳。杨阳住的那幢楼在校园深处,是四楼。房门没锁,小灯一推就推开了。一个男人站起来,说怎么这么着急?小灯过了一会儿才认出来那人原来就是杨阳。杨阳洗过澡也洗过了头,换上了一件鲜红的短袖衬衫和一条灰布裤子,头发带着半湿的蓬松。这会儿的杨阳看上去干净整齐年青甚至有点英俊。小灯隐隐有些惊讶。

"你,住得好宽敞。"小灯注意到杨阳的房间里只有两张床,而且不是上下铺。

杨阳说研究生的住房是宽松些,中文系的研究生还要轮流和留学生同住,就更宽敞一些。小灯又吃了一惊,这一惊她毫无经验地放在了脸上。

"你……你是研究生？"

杨阳呵呵地笑了起来，说那你以为我是行李工呀？我是被你们系的一位老师临时拉去帮忙的。小灯被说中了心思，脸就渐渐热了起来。在半明不暗的灯影里，小灯的面颊如同两张轻轻一弹就要破裂的生宣，红晕如水彩零零乱乱地洇了一纸。杨阳看得呆呆的，心想，再有一年，这样的脸皮就该磨厚了，在上海。

两人相对坐着，竟也无话。房门开着，不断地有人进进出出地找杨阳。小灯坐不住了。小灯站起来，在杨阳的书架上抽了一本书，是前些年闹得沸沸扬扬的《人啊，人》。"我一直想找这本书，市面上都没有了。借我看看，很快就还的。"即使完全没有恋爱经验，小灯也知道，借书大约是她能够再来找杨阳的唯一理由了。

杨阳把小灯送到楼下，随意扬了扬手，说丫头用功些，别净贪玩，就回去了。

白日的暑气已经散去，初起的夜风里已经有了第一丝的秋凉，街灯把小灯的身影拉得瘦瘦长长的扔在路上。小灯怕冷似的搂着胳膊，一步一步地踩着自己的影子，行走在尚是陌生的校园里。"丫头"两个字妥妥帖帖地躺在她的心窝里，微微地生着暖意。杨阳。杨阳。杨阳。她一路默默地念着这个名字。她觉得她已经在这个硕大而陌生的都市里找到了一个坐标，她至少有了方位。

后来小灯才知道杨阳是一个小有名气的作家，读本科的时候，就在全国一流的文学杂志上发表过多部小说。杨阳不说，她也不问，她只是通过各种渠道借来了杨阳的小说，晚上熄灯之后躲在被窝里，打着手电悄悄地看。她把他的小说看了一遍又一遍，每看一遍，她就觉得自己离他又近了一步。杨阳在读第二年的研究生，而她才上本科一年级，他们之间相隔的不仅是简单的四个年级，还有经验，还有阅历，等等。可是她终究会赶上他的。她相信。

于是小灯就时不时地去杨阳的宿舍找杨阳。杨阳见了小灯大都是快活的，任凭小灯把借书还书的理由延伸到极致。杨阳几乎从来不用她的名字来称呼她，而只是丫头丫头地和她有一搭没一搭地说着话。刚开始她很喜欢他这样叫她，后来就渐渐生出了厌倦，因为她从这个称呼里听出了自己的无望——他一直把她当作小孩看待。

杨阳，总有一天，我得让你换副眼镜看我。小灯把拳头捏得咯咯地响。

有一天晚上杨阳突然来小灯的宿舍找小灯。那天同宿舍的同学都去教室晚自习了，只有小灯一人在宿舍。小灯换了一套接近于睡衣样式的便装，头发随随便便地别在脑后，脚上趿拉着拖鞋。小灯毫无防备地见到杨阳，脸唰地红了——这是杨阳第一次来小灯的宿舍。杨阳拿过小灯放在桌上的笔记本随意翻看着，说我有个同乡住你们楼上，我顺便过来检查检查丫头是不是在认真读书。小灯要去夺，却已经晚了。杨阳扬着笔记本，大大咧咧地问："这是什么变天账呀，一笔一笔的记得那么仔细。"

小灯低垂着脸，面皮越发地紫涨起来，半晌，才说是我爸寄来的钱。将来，一分一厘，都要还他的。

杨阳就呵呵地笑，说那是你爸，又不是别人，还算得那么仔细啊。

小灯抬起头来，脸上的颜色渐渐地清淡下去，眼光定定地，穿过杨阳，穿过墙壁，落在不知名的地方。

"他不是我的亲爸。我的亲爸早死了，唐山地震，听说过吧？"

杨阳吃了一惊："那……你……你妈呢？"

小灯顿了一顿，才说："都死了，我们全家。我是孤儿，七岁就是。废墟，你见过那样的废墟吗？所有的标记都没有了，人在上面爬，就跟蚂蚁一样。我摔倒在一个人身上，脚动不了，以为是绳子绊住了，低头一看原来是一根肠子，是从那人的肚子里流出来的。扒拉下来，接着爬，爬到哪里算哪里。"

杨阳只觉得有一根粗糙的木棍，正慢慢地杵进他的心窝。钝痛随着呼吸泛上来，拥堵在他的喉咙口。他喀喀地咳嗽了几声，可是那疼痛他既咽不下去，也吐不出来。他的嗓子就暗哑了。

他走过去，将小灯搂在怀里，紧紧的。他一遍又一遍地抚摸着她零乱的头发。

"小灯，我一直以为，你是一只从来没有飞过森林的雏鸟。"杨阳轻轻地叹了一口气。

"杨阳，不是天下所有的鸟，都得通过飞行才认识森林的。"

许多年之后，杨阳才真正明白了小灯这句话的含意。而在当时，杨阳仅仅是被小灯的文采所打动。

▼ 1992 年 10 月 1 日　上海

杨阳和小灯骑着自行车，在熙熙攘攘的人群中见缝插针地行走。毛巾衫，牛仔裤，运动鞋，背上驮着一个旅行包。在色彩和声响都很纷乱的街景里，他们看上去像是两个趁着假日出去散心的小年轻，没有人会猜到他们是在那天结婚。

杨阳研究生毕业后留校做了教书匠，而小灯本科毕业后在一家出版社当了一名外文编译。小灯离开学校后几乎一天也没有浪费就开始准备结婚。其实"准备"这两个字在这里绝对是一种夸张的用法，因为他们实际上不过是把两床被褥抱到了一张床上而已。杨阳刚在复旦分到了小小一间房，小灯的东西已经陆陆续续地搬过来了。

杨阳只是在五十年代的书籍和电影里看到过这种简单到接近于过家家游戏的婚礼。这样的婚礼其实并不是杨阳的原意。杨阳原来的计划包括旅行去双方的家乡，回程后再小规模地宴请几个亲近的同学朋友。杨阳已经工作了两年，有小小一点的积蓄，完全可以支付这样的一次行程。杨阳甚至把这一笔钱都已经交给小灯保管，可是这些钱在小灯的手里转过一圈以后，就渐渐销声匿迹了。有一天杨阳无意中在小灯的皮夹子里发现了一张寄往石家庄的汇款单，才终于明白了这笔钱的下落。

那天杨阳脸色很难看。杨阳说小灯你完全可以慢慢还他的，为什么非得要克扣你自己的婚礼呢？小灯说我一天也不想等，就想还了他，就什么也不欠他了。杨阳说钱还了，情呢？到底是养你这么大的爸。小灯说我只认养我的妈。杨阳说你在强词夺理，没有养你的爸，你妈一个人想养你也养不成。小灯的脸色渐渐地也难看了起来。小灯冷冷一笑，说杨阳你要心疼钱，我可以以后慢慢还你，你想改变主意不结婚也行。话说到这一步，杨阳就不吭声了。小灯见杨阳软了，便也软了下来，期期艾艾地说，等元旦我跟你去看，看你爹妈。两人就算过了这一道坎了。

两人骑了半程的车，杨阳突然心血来潮，将脚往地上一点，说灯啊我们去王开照张相吧，也算是个念想儿。小灯看了看自己，说就这副样子吗？杨阳说就这副样子。今天咱俩照了，都还是一张白纸。过了今天，咱们就是历经沧海了。小灯呸了一声，说别臭美了，海什么海，你也就一个小泥潭。两人果真就改道一路风尘仆仆地骑去了王开照相馆。

进了照相馆，摄影师问是毕业照？工作照？杨阳看看小灯，说是八戒娶媳妇的照。摄影师哦了一声，将那半截惊讶圆滑地吞进了肚子。两人被摄影师铁丝般地绕过来弯过去，终于给摆弄出一副接近恩爱和谐的样子。镁光灯一闪，一个微笑瞬间定格为永恒。很多年后，杨阳和小灯在不同的场合里看到这张笑得龇牙咧嘴的照片，都不约而同地认为这是他们一生中最为简单快乐的日子。

照完相，两人一身臭汗地骑回了宿舍。国庆大假，大楼里空空荡荡的，脚步声在过道里擦出嘤嘤嗡嗡的回响。推门进屋，秋阳明晃晃地照出了空空的四壁和墙上印迹斑驳的蚊血。

小灯蹲下身来窸窸窣窣地翻弄着自己的那只旧箱子，终于在箱底找出了一条红色的纱巾。小灯用胶带把纱巾贴在玻璃窗上。"八戒娶亲的记号，别的猪不得擅自入内。"小灯说。

杨阳只觉得一身燥热，便过去脱小灯的衣服。衣服之下的那个胴体他其实已经很熟稔了，他只是还没有走过那关键的一步——小灯不让。小灯的身体如同一座结构复杂景致繁多的园林，他已经走过了里边所有的亭台楼榭、流水林木，只有那最后的一扇门，小灯死死守住不放他进去。长久的持守使得他对门里的景致有了更热切的好奇，他迫不及待地分开小灯的双腿，将身子硬硬地贴了过去。慌乱中他听见小灯在他的耳畔低低地叹了一口气："杨阳，其实我早就不是一张白纸了。"

杨阳愣了一愣。可是欲望已如蓄积了千年的洪峰，思维纤薄的闸门已经根本无法阻挡。小灯的话使他突然放松了，他有了肆无忌惮的力度。

这时他听见小灯沉沉地叫了一声，仿佛是被人用一把铁锹从背后猝然劈倒时发出的那种声响。杨阳吓了一大跳，站起来，一眼就看见了血迹。那血迹像被斩断了身体的蚯蚓一般蠕动蜿蜒着，在白色的床单上扭出一条一条的印迹。

杨阳慌慌地爬下床来，抓了自己的衣服就来擦小灯的身子。血很多，擦了许久才渐渐地干了。杨阳扔了脏衣服，一把将小灯搂住。"疼吗？你？啊？啊？"他语无伦次地问。"灯你……你还是……一……一张白……"杨阳没把一句话说完，眼中已落下泪来。

小灯的嘴唇翕动了几下，却没有发出声音来。窗外的阳光漏过纱巾，陡然厚重起来，满屋都是猩红的飞尘。

那天小灯没有说出来的那句话是：杨阳你的眼睛太干净了，你看不见纸上的污迹。

那天小灯想起了一个人。

一个叫王德清的男人。

▼　1982 年冬　　石家庄

在这个冬天之前，中学英语教师董桂兰的生活，套一句当时用得很滥的成语，就是"蒸蒸日上"。这年她被评上了特级教师——她带的班级连续两年达到全市最高高考升学率。她的丈夫王德清，也刚刚被提升为厂里的财务处处长。他们的养女王小灯，在全市的初中英语会考中得了第一名。而且，他们全家刚刚从破旧的筒子楼里搬出来，迁入了两室一厅的新居。

王德清一家是在四年前随单位迁移到石家庄的。四年的日子不算长，却刚够磨掉他们脸上毛糙怯生的外乡人表情，让他们走在街上的时候，开始感觉到脚下的根基。

这年董桂兰四十八岁，正在本命年上。年初的时候王德清曾经半开玩笑地说过要给妻子买一条辟邪的红腰带。当时董桂兰正被接踵而至的喜讯折腾得云里雾里的，春风得意的人往往很容易忽略身后的阴影。所以那天董桂兰带着一点轻蔑的神情对丈夫说：我就不信这个邪。

可是这年的冬天一切突然都改变了。

变化最早是从一场咳嗽开始的。这里的"一场"是单数，也是复数，是由许许多多的"小场"连绵不断地接缀而成的一个"大场"。这一大场咳嗽是从夏天开始的，从夏末延伸至秋初，又从秋初延伸至秋末，再从秋末延伸至冬初。入冬的时候，董桂兰终于顶不住了，请假去了一趟医院。

董桂兰去医院的那天早晨和其他任何一个早晨也没有什么区别。她和小灯几乎是同时在收音机的早间新闻声中醒过来的。自从小灯来到王家之后，董桂兰就一直和小灯合睡一张床，而王德清则自己一个人睡一张床。厨房里王德清已经把早餐大致准备就绪了。王德清的工作单位在郊区，班车单程也需要开两个多小时。所以王德清平时住在厂里，只有周三轮休时才回家。王德清在家的那一天，总是早早地起来做饭，好让妻子和女儿多睡十五分钟。

董桂兰前晚备课到很晚，早上起来就很有些头昏脑涨。小灯倒是准时睡的，只是睡得不怎么踏实——董桂兰破铜锣似的咳了一夜。所以母女两个虽都醒了，却依旧赖在被窝里，一个在床头一个在床尾掩着嘴呼呼地打着哈欠。

"小灯你这一夜踢蹬的，小达小达地喊。谁是小达呀？"董桂兰问。

小灯怔了一怔，半晌，才蔫蔫地坐起来，说妈你睡糊涂了，我不认识什么小达的。

天冷，暖气稀薄如鼻涕，窗户上结着厚厚的霜。小灯跳下地，老鼠似的东钻西窜满地找鞋子。去年买的棉毛衫棉毛裤都有些小了，胸前已经鼓出两个小小的包，瘦骨伶仃的裤腿里，竟有了些少的内容。王德清热好了牛奶，进门来催，半截身子伏在门框上，突然就不动了。

"桂……桂兰，我们小灯长起来了。"王德清喃喃地说。

"跟她们班同学比，还是瘦。小小年纪，整天闹头疼的，唉！"董桂兰捏了捏小灯的肩胛骨，叹了一口气。

小灯觉得遍身贴的都是眼睛，就赶紧窸窸窣窣地找毛衣套上。钻出头来，把衣服掸平了，撸下了一地的眼睛。一扭头，突然看见了董桂兰脸上的血迹。

"妈，你怎么了？"小灯指着董桂兰的下巴问。

董桂兰用手背擦了擦，说这颗痣也不知怎么了，最近老出血。今天看医生，要些药膏抹一抹。

都洗漱过了，三人就坐下来吃早饭。早饭是牛奶面包，小灯勉强喝了一小杯，就搁下了，去拿书包。董桂兰追着让把那剩的都喝完了，三人就兵分两路出发——小灯上学，王德清陪董桂兰去医院看病。

董桂兰那天穿的是一件印着蓝花的灰布对襟棉袄，脖子上围了一条黑色的羊毛围巾。棉袄很新，在肩膀袖肘处绽出许多厚实的皱纹来。风很大，围巾一出门就给刮得飞飞扬扬的，像一只折了翅的鹞子。早上洗完脸董桂兰抹过一些防裂霜，茉莉花的香味被风吹送得很远。天开始下起了雪霰子，窸窸窣窣地砸在地上，仿佛是过年炒花生栗子时沙粒滚过铁锅的声音。这些颜色、气味、声响构成了小灯对健康的董桂兰的最后印象。

都走到路口了，董桂兰又跑过去，往小灯手里塞了一张五元的票子。小灯只觉得董桂兰那天走路的样子有点怪，一脚高一脚低的，好像鞋子里进了石子。

"万一妈回不来，你中午自己买碗面吃，牛肉的。"

当时无论是小灯还是董桂兰都没有意识到，这竟是一语成谶——董桂兰在这个清晨从家里走出去之后，就再也没有回来过——她当时就给留在了医院。

肺、肝，癌细胞已经爬满了这两个部位。可是癌细胞最早却不是从那里滋生出来的。发源地是那颗已经在她下巴生长了多年的黑痣。董桂兰得的是恶性黑色素瘤，晚期，早已转移。从最初的诊断到最后去世，不过一个月的时间。

董桂兰是在腊月二十五晚上死的，她终究没有走完她的本命年。

董桂兰的死正符合了当时一些关于教师待遇、中年知识分子健康问题之类的时髦话题，所以就被演绎成一件轰轰烈烈的大事。追悼会上，各级头面人物都来了，报纸、电台、电视台蜂拥而上。学生、家长、同事、领导，众人都哭得惊天动地的。

　　可是小灯没有哭。小灯的眼睛若两个冰窟，有寒气徐徐流出，将一张脸都凝聚成霜。哀乐声中董桂兰的骨灰盒被递到了小灯手里，小灯的嘴唇翕动着，轻轻说了一句话。众人不知道小灯说的是什么，只有站在身边的王德清听清楚了。

　　小灯说的那句话是："你骗了我。"

　　当然，也只有王德清明白小灯的意思。当年把小灯领回家的时候，一路上小灯只问了一句话，不过这句话她一连问了三次。小灯问你们会收留我多久。这一句话问得董桂兰眼泪涟涟。董桂兰搂了小灯，反反复复地说："一辈子，一辈子，我们一辈子都和你在一块。"

　　葬礼完后回了家，王德清就病倒了，高烧，一阵一阵地打着摆子。小灯端了药，喂王德清吃了，突然问："你呢，你也会走吗？跟她去？"

　　王德清看见小灯的脸，仿佛一夜之间变得棱角尖利起来。那尖利是一层外壳，裹住了所有其他的情绪，而害怕却如一片雾气，在外壳薄弱之处冒出丝丝缕缕的马脚。王德清抱住小灯，抚摸着小灯马鬃一样硬挺的头发，忍不住号啕大哭，哭得一脸鼻涕。

　　"灯啊，爸爸不会，绝对不会，离开你。这世上只有，只有咱爷俩了。"

王德清的手抚过小灯的额、小灯的眉眼、小灯的鼻子、小灯的嘴唇，呼吸渐渐地粗重了起来，鼻息犹如一只小马达，呼呼地扇过小灯的脖子。王德清的手哆哆嗦嗦地伸进了小灯的衣领，停留在那两团鼓起的圆块上。王德清的手指在那个半是坚硬半是柔软的地方揉搓了很久，后来便继续向下游走，伸到了小灯的两腿之间。

王德清的指尖如虫蚁一样，一路爬遍了小灯的身体。那虫蚁爬过的地方，却生出些酥麻的热气，热气之下，身体就渐渐地湿润了起来。

小灯心里一遍又一遍地对自己说，推开他，推开他，小灯的身体却瘫软在那未曾经历过的湿润里，动弹不得。小灯的心和小灯的身体剧烈地扭斗着，小灯瑟瑟地发起抖来。

"别怕，灯，爸不会害你，爸只是……只是想好好看看你。"

王德清脱光了小灯的衣服，将脸近近地贴了上去。小灯的身体鱼一样地闪着青白色的光，照见了王德清扭成了一团的五官。突然，小灯觉得有一件东西杵了进来——是一根手指。那根手指如一团发着酵的面团，在自己的体内膨胀堵塞着，生出隐隐的痛意来。小灯突然狠狠地伸直了腿，王德清没防备，被一脚蹬到了地上。爬起来，声音就碎得满地都是。

"爸……爸只是太寂寞了，你妈，很……很久……没有……"

第二个星期王德清轮休回家，小灯没在。屋里留了一张纸条：

"我去同学家睡觉，别找我。"

纸条上没称呼也没落款，是用一把削水果的尖刀扎在卧室的门上的。

那年小灯十三岁。

▼ **1994 年春 唐山市丰南县**

这年春天李元妮家新盖了一座两层楼房。楼是方方正正的砖楼，外墙贴了雪白一层的马赛克。二层有一个阳台，用栏杆圈围起来。栏杆也是雪白的，圆柱上雕着精致的花纹，远远看上去，像是一个又一个站立着的细瓷花瓶。门是铮亮一扇的大铁门，上方是一个镂花的扇面，正中贴了一张鲤鱼戏水的年画。这样的楼房，几年以后，将是所有乡镇新屋的模式，可是在那时，却是一条街上的奇景。完工那天，爆竹尖厉地响了几个时辰，满天都是惊飞的鸟雀。一街围看的人里，说什么的都有。

楼是李元妮的儿子万小达寄钱来盖的。

其实在老家盖楼并不是小达原来的计划。小达原来的设想是带着母亲去南方定居。小达和母亲为这件事讨价还价了两年。李元妮不去南方的托词有好几个版本，比如故土难离，比如适应不了南方的暑热，又比如不想妨碍年青人的生活。这些托词都没有让小达死心，最后让小达死心的是另一句话。李元妮说我们都走了，你爸你姐的魂回来，就找不着家了。这句话让小达沉默无语。

街坊里关于李元妮的儿子有许多的猜测。有人说小达在深圳买卖股票挣了一点小钱，也有人说小达认了一个有钱的女人做干妈，还有人说小达在广州办服装贸易公司发了几笔大财。对于所有诸如此类的猜测李元妮始终微笑不语。她神秘莫测的表情其实仅仅是为了遮掩她对儿子行踪的一无所知。

其实这条街早已是重建过的，邻居也已经换过了一茬。可是在地震发生多年之后，李元妮在一条街上依旧招人恨。

李元妮在地震中死了丈夫和女儿，剩下一个儿子，也是个独臂的残疾人。可是这都不是李元妮招人怜或招人恨的原因。地震中失去亲人的家庭到处都是。一场地震把人的心磨得很是粗糙，细致温婉的情绪已经很难在上面附着。人在天灾面前是无能为力的，人既然不能找天老爷算账，人就只能选择认命。就像是一个暗夜赶路的庄稼汉，踩到一块恶石上摔得头破血流，伤疤是永远地留下了，他还不能记恨石头，他只能裹了伤口继续赶路。

天灾来临的时候，人是彼此相容的，因为天灾平等地击倒了每一个人。人们倒下去的方式，都是大同小异的。可是天灾过去之后，每一个人站起来的方式，却是千姿百态的。平等均衡的状态一旦被打破，人跟人之间就有了缝隙，缝隙之间就生出了嫉恨的稗草。

李元妮招人恨的原因，是因为她是站起来走在最前面的那个人。

万师傅死了，李元妮拿了一阵子救济金之后，就给分配到一家餐饮厅当开票员。餐饮厅营业时间长，儿子小达放学回家后一直没有人照看。有一天小达的奶奶来看孙子，发现小达为了煮一碗面吃，竟被一壶开水烫得浑身是疱——小达那时还不太习惯用左手做事，老太太蹲在地上哭了个天昏地暗。又吵到李元妮的工作单位，坚决要把独生孙子带走。李元妮一狠心，就把工作扔了，回了家。

李元妮辞工之后，就跟娘家借了些钱，买了一台缝纫机。

又等到小达学校放假的时候，带上小达去了一趟天津，在一个远房表姐家里住了一个多月，跟人学了几招裁剪的手艺，回来就在家里开了一爿小小的裁缝铺。李元妮从前在省歌舞团待过一阵，多少也见过一些世面，向来对衣装样式很是上心，所以她剪裁出来的衣服，就和寻常街面上看到的，略微有些不同。

广告在那个年代还属于很新潮的一个词，李元妮不懂。其实李元妮不懂的，只是打在纸上的那种死广告，李元妮对于活广告，却早就无师自通了。人穿了李元妮剪裁出来的衣服，行走在县城有限的几条街上，很快就吸引了眼球。李元妮的活广告源源不断地给她带来了新主顾，李元妮的小小裁缝铺，生意出乎意料地红火。她的日子，也就过得很有些滋润起来。

李元妮知道，其实她自己，才是所有的活广告中最为有效的一个。所以她给自己剪的衣服，总比给别人剪裁的更为上心，从面料色彩到样式，季季都赶在风口浪尖的新潮上。李元妮不仅小心地选择衣服，李元妮也小心地选择着发型。头发有时就留得长长的，在脑后盘一个横爱斯发型，像个贵夫人。有时却剪短了，直直的齐着肩，像一个清纯的大学生。地震那年猝然花白了的头发，又渐渐地黑转了。虽然三十多岁了，永远干净整洁新潮的李元妮领着儿子万小达行走在街面上的时候，依旧是一道亮丽的风景。李元妮习惯了在浑身贴满了目光的状态下走路，尽管骨折留下的后遗症使她的左脚略微地有些颠跛。其实，一条街上的人，无非是想在李元妮的身上找到一缕劫后余生的惊惶，一丝寡妇应有的低眉敛目，可是他们没有找到，一丝一缕也没有。李元妮高抬着头，把微跛的步子走得如同京剧台步，将每一个日子过得如同一个盛典。

在不同的阶段里，李元妮的家里自然也有不同的男人出现。街面上关于这个女人有很多的传言和猜测，可是传言和猜测最终还都停留在了传言和猜测的阶段——李元妮一直没有再婚。

李元妮当年扔了铁饭碗回到家里，不是胆识，也不是眼界，而纯粹是为了守住唯一的儿子小达。当她终于可以安心地一日三餐地照顾好小达的时候，小达却没有按照她的意愿成长。小达在她的眼皮底下走了一条她完全没有想到的路。

小达截肢以后，刚开始时是装了假肢的。后来身体长得太快，一两年之内又得换肢，小达懒得换，就干脆扔了假肢，痛痛快快地做起了独臂螳螂。小达很快学会了用左手写字吃饭干活骑车，小达的左臂独当一面地解决了生活上几乎所有的难题。可是小达却有一个与手臂和生活都无关的难题：小达不爱读书。对世上一切事情都充满了好奇心并具有无穷精力的小达，一拿起书却忍不住就要打瞌睡。小达勉勉强强高中毕了业，却没有考上大学，甚至没有通过职业专科学校的分数线。李元妮替他报名参加补习班，他念了两天就自作主张地卷起书包回了家。李元妮硬招软招都使遍了，向来脾气柔顺的儿子，却无论如何也不肯回去念书。

小达停了学，在家里无所事事地待了几个月，就要和几个同样没有考上大学的同学一起去南方"看一看"。"看一看"的确是小达当时的心境，因为他完全不知道要去那里干什么，他只是隐隐地感觉到那边的未知世界对他有着朦胧的吸引力。李元妮坚决不放小达走，为此母子两个也不知热战冷战了多少个回合。后来有一次小达哭了。十九岁的男子汉的眼泪让李元妮一下子慌了手脚。小达说妈你难道不知道这裁缝市场的行情吗？满大街都是成衣了，将来谁还会找你一针一线地缝衣服呢？你想咱们娘儿俩都困在这里饿死吗？

一年。就给你一年。一年不成，你给我立时回来。李元妮终于松了口。

可是小达并没有信守一年的诺言。小达第一次回家，是三年以后的事了。在这中间小达的联系地址变换了许多次，有深圳的、佛山的、珠海的、江门的等等。

小达第一次回来，长高了许多，却是又黑又瘦，空了一边膀臂的身子仿佛随时要被风掀倒。小达那次只在家里住了五天，替家里买了一台冰箱，并置换了原先的那台九寸黑白小电视，最后给李元妮留下了一张七千元的存折。李元妮多次追问小达这钱是怎么挣的，小达只是笑，说妈你放心，肯定是正路来的，我跟我爸一样挣钱有道。

小达第二次回家，又隔了三年，是1994年的春天了，正值万家的新楼落成。

小达那日是坐了一辆皇冠小汽车回来的——是从天津租的，那时县城还没有这样的车。司机一路按着喇叭，在县城狭小的街道上穿越大小食摊的重围，最终停在万家门前时，已经吸引了众多的围观之人。小达身穿一套极是合体的深蓝色毛料西服，头发乌黑油亮地梳向脑后，露出宽阔的额角和整齐的发际。小达的衣服里处处都是充实的内容，露出袖口的右手上，戴了一只薄皮手套。看惯了小达独臂螳螂的样子，众人一时竟认不出他来。

小达并不是一个人回来的，小达的身后还跟着一个女人。女人看上去比小达略大几岁，留着一头极长的直发，在脑后用一只红色的发卡别成粗粗的一束马尾巴。女人穿了一件橘红色的皮夹克和一条洗得发白的牛仔裤，脚上套了一双深赭色的高筒皮鞋。女人衣着的颜色和样式瞬间照亮了县城灰秃秃的街景。

小达站在门外几步远的地方，细细地看了新楼几眼，才拉着女人走上了台阶。

"县城的房子，也只能是这个格局了。"小达轻轻地对女人说。

门没关，小达轻轻一推就进去了。屋里黑蒙蒙的，只有靠尽里的那面墙上，点着一盏半明不暗的灯。灯影里有一个身材开始丰盈起来的女人，正背对着他们伏在桌子上裁剪衣服。女人剪得很是投入，整个上半身像一块柔软的面团一样黏在了桌面上。小达叫了一声"妈"，女人吃了一惊，手里的剪刀咣啷一声掉在了地上。

"妈，这是我说的那个阿雅，在中山大学教书的。"

李元妮缓缓地抬起身来，发现门口有一团红色的云雾正在慢慢地朝她飘移过来。她取下老花镜，目光渐渐地适应了灯影无法涉及的黑暗。她看见了一双点漆一样深黑的眸子。

红云漫过来，停在了桌子旁边。桌上摊的是一套黑色绫缎面料的衣服，中式的，对襟立领，前襟上缝着一对一对的襻花布扣。"做工真细呢。这里的人，时兴这个样式吗？"

那个叫阿雅的女人问。

阿雅的声音细细的，句尾微微地扬起，仿佛带着一丝被骤然切断的惊奇。灯光下李元妮终于彻底地看清楚了儿子带来的这个女人，她只觉得这个女人似乎和她想象中的教书先生相去甚远。这个女人使她想起了自己尚未来得及全部开放就僵在了枝头上的青春岁月，她的心情就有些复杂起来。她顿了一顿，冷冷地说是个活人都不会喜欢这个样式，所以它只能是寿衣。

阿雅有些尴尬。小达把阿雅推到李元妮面前，指着李元妮说这就是我妈，也是你妈。你可以对我不好，你可绝对不能对我妈不好。我妈是一指头一指头地把我从土里刨出来的，地震那年。

阿雅拉起李元妮的手，摊开来细细地察看。手掌很薄，沾了一层黏黏的画粉。掌纹如瓷器上的裂痕，细致而凌乱地爬满了一掌。食指和中指上少了半截指甲，裸露出来的那团肉是青黑硬实的，仿佛沾满了泥土。阿雅用自己的手指抠了一抠，却什么也抠不下去。

"我现在知道了，小达是从哪里学会吃苦的。"阿雅说。

李元妮觉得心里有一堵墙，正在一砖一瓦地倒塌，有一线水迹正蜿蜒地爬过废墟，在干涸龟裂的地上流过，发出哧哧的声响。她转过头去，狠命地吞下了喉咙口那团堆积起来的柔软。"吃了吗，你们？"她清了清嗓子，问他们。

那晚阿雅累了，早早地回屋睡去了。小达却在堂屋里有一搭没一搭地和母亲说着话。

"妈，要不，你也找一个。一个人过日子，冷清呢。"小达迟迟疑疑地说。

李元妮笑了。李元妮笑起来的时候，依旧叽叽咕咕的，像下着蛋的小母鸡："你满大街找一找，有一个像人样的不？找回来拴圈里还成，能给你当后爹吗？"

小达也笑了，心想这么些年了，母亲那尖利的舌头也没磨平一些。

"你要真想着我，将来生了孩子就放在这儿给我养。"李元妮叹了一口气，说。

那夜是个大月亮夜。月色舔着窗帘爬进屋来，屋里的一切都有了湿润的毛边。阿雅的睡意浅浅地飘浮在意识的最表层，始终没能实实在在地沉落下去。半夜的时候，阿雅彻底地醒了，睁大着眼睛，看着墙上那两张镶着黑框的放大的照片。照片里的人隔着二十年的距离和她遥遥相望，她隐隐听见了她的目光和他们的在空中撞响。

"你姐姐的样子和我小时候真像呢。"阿雅忍不住推醒了小达。

"姐，哦，我姐。"小达迷迷糊糊地回应着。

▼ 1999 年 6 月 19 日　多伦多

这里是多伦多乱线团一样缠绕不清的闹市街区里最中心的地带，也是伊顿大商场的所在地。今天是周六，人流比往常来得晚。当太阳开始在人行道上投下稀疏的树影时，街市的颜色和声响才渐渐开始丰富起来。

杨阳在一个画家的摊子边上放下了自己的行囊。画家的生意还没有开始，画家只是在埋头整理自己的画具。画家戴着一顶宽檐草帽，他看不清他的脸，只看见他蓝色的 T 恤衫上印着一串与一个著名体操运动员的名字联系在一起的商标。也是一个中国人呢。杨阳想。

子鼠。丑牛。寅虎。卯兔。辰龙。巳蛇。午马。未羊。申猴。酉鸡。戌狗。亥猪。

杨阳把那张画着十二生肖彩色图像的大纸铺在路边，又在四个边角压上了各式各样的石头和雕刻刀具。这全套的行头都是他从国内带来的，当然，在他把它们小心翼翼地包叠好放进行李箱的时候，他并没有想到它们会成为他在多伦多陪读生涯里的谋生工具。

他会给在他的摊前停下来的每个人起一个美丽的中文名字。比如一个叫玛丽·史密斯的英裔女人，经过他的嘴就变成了一个叫史美兰的中国女人。一个叫威廉·伯恩斯的苏格兰男人，在和他聊上五分钟之后，就变成了一个叫薄伟来的中国男人。他替人起了中文名字，再替人刻一枚小小的印章。完了顺便问一声人家的生日，然后就指出人家的生肖图像，再解释给人听那生肖所属的性格命相。若讲得那人有了兴趣，说不定就可以从他手里买走一个生肖雕像。这样全套的工序，大约耗费他半个小时到四十五分钟的时间，运气好的话，也许他能赚到二十到二十五加元的收入。

这是杨阳对自己的设想。他不知道这样的设想实施起来有几分可能性，但他知道他和小灯都需要钱。小灯三年前来多伦多大学留学，念完了英国文学硕士，现在接着念博士学位。而他带着他们的女儿苏西，刚刚以探亲的身份来到多伦多。小灯虽然有奖学金，但是他们刚刚搬入了一个宽敞一些的公寓，房租贵了许多。小灯为他们的到来，买了一辆二手车，保险、汽油、修理费用，再加上苏西的钢琴课学费，这些林林总总的额外开销，都是要靠他的双手挣出来的。

　　有一串步子在他摊前重重地停了下来。生意，来了。他的心急剧地跳了起来，跳得一街都听得见。其实他完全不用害怕，那些篆刻印章和用生肖算命的雕虫小技，他早已在复旦和留学生同居一室的日子里操练得炉火纯青。只是，只是他从来没有用这些伎俩实实在在地换过钱。第一次，熬过第一次就好了。杨阳这样安慰着自己。

　　杨阳慢慢抬起头来，先看见了两条穿着蓝制服裤子的粗腿，后来他才发现是一个人高马大的警察。警察对他和蔼地笑了笑，叽里咕噜地说了一串话。复旦教室里规规矩矩地学来的英文，却在鱼龙混杂的多伦多街头遭受了最残酷的考验——他居然没有听懂一个字。他满脸通红地摆着手，一次又一次地说对不起啊，对不起。警察放慢了速度，又把同样的话说了一遍。这次他听懂了一个词，一个关键的词：营业执照。

　　他傻了，他用两只手刺啦刺啦地搓着裤腿，舌头在嘴里无谓地蠕动着，却说不出一句话来。

　　这时旁边的那个画家站起来，对警察说了一串的话。画家的英文远没有警察的流利，可是杨阳却听懂了每一个字。画家说：这是我的先生，我们用的是一张执照，我画画，他帮我刻印章，用在我的画上的。

警察展开一个灿烂的笑脸，说好美丽的画，好美丽的印章，就走了。

杨阳这才看清，宽檐草帽之下的那张脸，是一张女人的脸。女人有一张宽阔的大脸，皮肤黝黑，两颊布满了星星点点的雀斑，脸上的每一个毛孔，似乎都在嗞嗞地喷涌着阳光。

很久，没有见过，这样健康的女人了。杨阳心想。

"谢谢你，真的。"杨阳说了，又觉得这话被太多的人在太多的场合里使用过，难免有些轻贱了，却一时又找不出比这更合适的，只好望着女人呵呵地傻笑。

"没什么，大家都是讨一口饭吃。"女人说。

女人轻描淡写的一句话，却叫杨阳的心沉了一沉。记得小时候看过一幅国画，是画乞丐的，上面的题词是：谁不吃饭？谁不讨饭？只不过弄几个花样番番。那时他虽然还很小，却也一下子被谋生的沉重所震撼。只是没有想到，许多年后，千里万里漂洋过海地来到加拿大，他竟会沦落到街上卖艺的地步，和那画中乞丐，也就是五十步和百步之别了。

"脸皮磨厚了，就好了。其实，这个钱还是蛮好挣的，至少不用朝九晚五地坐班。夏天的时候把一年的钱挣下了，然后，另外三个季节你都可以去追求你的理想。"

他被女人的话逗笑了，乌沉沉的脸就晴了起来，说咳，也就是把老婆孩子养活了，哪还有什么理想呢。就问女人叫什么名字。女人说叫向前。他暗暗叫绝，心想这样的女人，当然该是这样的名字。就说我有一块绝好的鸡血石，不是这些个糊弄人的假玩意儿，改天我找出来，给你刻个好印章。

女人也不推辞，露出一脸欢欣的样子："好啊好啊，我偷偷看了你那些印章，真是漂亮，还正想跟你学雕刻呢。"

两人就坐下来等生意。杨阳拿出一条细细的磨刀石来，碾磨他的雕刀，向前就从画袋里掏出一本旧书看了起来。杨阳瞥了一眼，那书名是"废墟"。只是见向前蹙着眉心的紧张样子，就忍不住咕地笑了一声。向前问你笑什么？杨阳说没什么，我只是奇怪现在还有人看小说。向前说其实我也不爱看小说，不过这可不是一般的小说。杨阳问何以见得。向前说反正挺感人的，我也说不好，我看完了你自己拿去看吧。杨阳微微一笑，说不用了，我熟悉里边的每一个章节——那是我写的。向前一怔，半晌说不出话来。

这时候人流就渐渐地浓稠起来，有人过来坐到向前的摊子前，要画肖像。也有人走到杨阳跟前，看他开雕印章。看了一会儿，杨阳就有了第一个顾客。后来又陆陆续续地来了几个，有的是要刻印章，有的是要算命，也有的什么也不要，就是要聊聊天。可那聊天的，杨阳也不敢得罪，谁知道会不会聊成客户呢？其实那天的生意并不是太忙，却因杨阳没有经验，手忙脚乱的，竟连中午饭也来不及吃。直忙到天擦黑，才喘了一口气，摸出口袋里那卷又黏又脏的零票，数了数，竟有一百六十多元。开始以为自己数错了，便又数了一遍，还是这个数，脸上就忍不住绽开阔阔的一朵笑来。收了摊子，和向前约好了明天见，就站在街角等小灯——小灯下午去钢琴老师那里接苏西，接完了苏西就顺便把他捎回家去。

杨阳坐进车里，就看见苏西眼睛红红肿肿的好像刚刚哭过的样子，便问小灯怎么回事。小灯哼了一声，说问你的宝贝女儿。苏西不说话，鼻子一抽，眼泪又一颗一颗地落了下来，砸得杨阳心里到处都是洞眼。见小灯一脸怒气，也不敢去哄苏西，只问到底怎么了。小灯说老师用英文教琴，她听不懂，就不听了，一个下午坐在地上看小人书。杨阳说她刚到一个新地方，还摸不着北呢。小灯冷冷一笑，说我就知道你要唱白脸。下星期我跟着去上课，看她敢不敢那样。那是交了学费的，你以为呢？

杨阳赶紧从兜里掏出那厚厚一沓的零票来，说在这儿呢，学费。没想到钱挣得还挺容易的。小灯乜斜着看了一眼，也吃了一惊。杨阳乘势将手伸过去，捏了捏小灯的肩膀，顿了一顿，才说："小灯你放松点，别一根弦老绷得那么紧，断了怎么收拾。"小灯呸了一口，说你是干什么的？断了你得包养我一辈子。直到这时，脸色才渐渐地松泛了下来。

"杨阳，我的小说，那篇讲过年的，在《纽约客》上发表了，刚刚接到信，寄到系里的。"小灯说。

杨阳哦了一声，竟半天说不出话来。心里有些东西咕咚地泛涌上来，是惊喜，又不完全是惊喜。小灯和他说过想用英文写作，他从来没有拿她当真过。没想到她的第一篇英文小说，就上了《纽约客》这样的杂志。

而他自己呢？他却已经整整七年没有发表过一个字了。

▼ 2002年11月2日 多伦多

小灯很早就和杨阳分房睡了，开始时是因为失眠，后来就不完全是因为失眠了。

刚开始时，是小灯怕夜里翻身吵醒杨阳，就央求杨阳去另一个房间睡觉。杨阳有些不情愿，总是找各种各样的借口在小灯的床上多赖一会儿。到非走不可的时候，也总会发出一些大大小小的抗议声。后来这些抗议声渐渐地低落下来，成为一种可有可无的背景杂音。再后来，一到睡觉的时间，不用小灯催促，杨阳就主动进了属于自己的房间。

当小灯意识到这种转变时，局势已经进入了一个惯性的旋流。其实，如果小灯那时愿意伸一伸手，她还是有能力来逆转那样的旋流的。可是小灯不肯伸手。伸手不是小灯做人的姿势，从来不是。

于是小灯和杨阳就一直这样在同一个屋檐下分居着。

小灯的神经是在吃晚饭的时节里就开始绷紧起来的。暮色将她一寸一寸地拉进睡眠，当然，那渐渐向睡眠趋进的，只是她的肉体。她的意识始终像一头警醒的豹子，远远地匍匐着，万分警惕地注视着那片属于睡眠的黑暗之地。她的身体一次又一次地向睡眠俯冲过去，却总在和睡眠一线之隔的地方被她的意识捕捉回来。在身体和意识一个又一个回合的交战中，曙色就渐渐舔白了窗帘，她便开始等待着同样的循环，在另一个白天黑夜的交替中进行。愈演愈烈的失眠状态，使她再也无法承受繁重的课程，所以在即将得到博士学位的前一年，她终于决定退学。

今天小灯在凌晨时分终于进入了朦胧的睡眠状态。小灯的睡眠浅薄得如同一层稀稀地漂浮在水面的油迹，任何一阵细微的风吹草动，就能将油迹刮散，裸露出底下大片大片的意识河床。在这样浅薄的睡眠中，小灯隐约听见了一些脚步

085

声和一些水声。那脚步声和水声都被紧紧地包裹压抑着的，轻微得如同灰尘被风刮过地板。后来，小灯就听见了一些嗡嗡的声响，那嗡嗡的声响穿过墙壁的阻隔，在她的耳膜上抚摸振颤着，轻柔，酥麻，温暖，令人昏昏欲睡。睡意的油迹又开始在意识表层聚集起来。

蜜蜂，那是蜜蜂的翅膀。小灯想。

油菜花，一直黄到天边的油菜花。一个年青的女人，骑着一辆擦得铮亮的女式自行车，在这样的乡野路上走着。蜜蜂擦着她的头发飞过，满天都是嘤嗡的翅膀振颤。女人的车后座上坐着一个瘦小的女孩，女孩偏着身子，膝盖上放着一个竹篮。

追过去，追过去，看一看那个女孩的脸。

小灯一次又一次地对自己说。可是正当小灯马上就要追上那个女孩的时候，她突然醒了。油菜花骤然凋零，蜜蜂纷纷坠地，女人和孩子隐入一片黑暗。

不，那不是蜜蜂。那是杨阳用吹风机吹头发的声音。小灯突然明白过来。

今天，是杨阳中文艺术学校的开业典礼。

其实，杨阳在两年前，就已经拥有了自己的中文学校。只是最近，他的中文学校才和向前的绘画班合并成为向阳中文艺术学校。杨阳和向前的联合学校已经运行了三个月，之所以把开业典礼放在三个月之后，是因为杨阳想试运作一段时间再正式对外公布。"我们磨合得还不错。"杨阳对小灯说。"磨合"这个词像千层饼一样有着复杂丰富的结构和内涵，小灯切入的不一定是杨阳寓意的那个层面。

分摊房租水电费用之后可以节省开支。彼此的学生资源可以共享。一个人度假的时候至少另一个人还可以维持学校开张。

杨阳是这样对小灯解释他的合并主张的。

小灯也信，也不信。

这时候传来轰隆轰隆的一阵闷响，仿佛是一发发的炮弹，正从一个锈迹斑斑的老炮筒里射出，在她的房角爆炸开来。房子抖了几抖，窗玻璃嘤嘤嗡嗡地震颤起来。小灯知道那是杨阳在启动他的汽车。杨阳小心翼翼地压抑了一切属于他自己的声响，可是杨阳无法控制他那辆将近十年的老福特。消音器上个星期坏了，却一直没有时间去修。听着轰隆的声响渐渐地远去，化为街音的一部分，小灯知道杨阳的车正拖着一尾的轻烟，碾轧着一街色彩斑斓的落叶绝尘而去。小灯甚至隐隐看见了杨阳脸上的急切。

也许，现在，他已经到了。向前肯定比他先到。她大约一直站在门口，等着他把车钥匙揣进兜里。她会接过他的大衣，挂在门口的衣架上。然后，捧上一杯滚烫的咖啡。"只加奶，不加糖，好吗？"她问他。

再过一会儿，人都到齐了，她会把他推到媒体的闪光灯下，介绍说："这位就是杨阳，著名汉学家、小说家，向阳中文艺术学校的校长。"迎门的桌子上，肯定早已摆满了他的各样著作。当她向众人介绍他时，语气也许有些夸张急切，带着遮掩不住的热切取悦。但是她灿烂的微笑足以瓦解一切的戒备和怀疑。即使最没有经验的人也能看出，在她的眼中，他已经成为她的地基、她的内容、她的实体，而她，只不过是从他身上折射过来的一缕光亮。

然后是讲话。各式各样的头面人物，校长的，老师的，家长的，学生的。然后是宣读贺词。然后他和她会站在摆满了鲜花贺卡的大厅里，和各式各样的来宾合影。明天，就在明天，他和她的微笑，就会充盈着大小中文报刊的社区版面。

等到所有的来宾都散了，他和她就会不约而同地叹一口气，说哦，终于过去了。她会问他，你，饿了吗？我请你，去唐人街那家新开的越南馆子，吃午饭。

想到这里，小灯觉得有一条长满了毛刺的多脚青虫，正缓缓地蠕爬过她的心，身上的每一个毛孔，都充满了麻痒和毛躁不安。她再也躺不下去了。

苏西今天起得略微晚了一些。苏西今年上三年级，平时的周六，她都要去父亲的中文学校补习中文。这周因为开业典礼，停课一次，她就趁机多睡了一会儿。起床的时候，她还没有完全清醒。半睁着眼睛推门去上厕所，一脚就踩在了一样软绵的东西上，几欲摔倒——原来是母亲。

母亲坐在过道上，睡衣的下摆松散开来，露出两条细瘦的大腿。母亲的大腿很白，是那种久不见天日的白，白得几乎泛青，血管如一群饥饿的蚯蚓，有气无力地爬散开来。母亲靠墙坐着，头发在昨夜的辗转反侧中结成粗厚的团缕，眼睛睁得很开，一动不动地望着天花板，像是两颗蒙上了雾气的玻璃珠子，有光亮，却是混浊不清的光亮。

"妈，你怎么了？"苏西一下子清醒了过来，声音裂成了几片。

"苏西，那个向前老师的画，画得好吗？"小灯微微一笑，问苏西。

"大概，不错吧。"苏西的回答有几分犹豫。

"你爸爸也是这么认为的吗？"

"大概，也是吧。"

"到底是是，还是不是？"小灯的脸，渐渐地紧了起来。

而苏西的身体，在小灯的注视下渐渐地低矮了下去。

"妈妈，我不知道。"

"平时你去补习中文的时候，你爸爸在学校里，是怎么吃午饭的？"

"是自己带的饭，用微波炉热的。"

"在哪个房间？和谁一起吃？"

小灯一路逼，苏西一路退，小灯终于把苏西逼到了墙角。再也没有退路的苏西，突然就有了拼命的胆气。

"妈妈，你那么想知道，为什么不直接去问爸爸呢？"

小灯的嘴巴张了一张，却是无言以对。

苏西去了厕所，哗哗地洗漱过了，头脸光鲜地走出来，母亲已经回房去了。苏西去敲母亲的房门，母亲正在换衣服。母亲换上了一件天蓝色的套装，母亲的衣服领子袖口都很严实，遮掩住了所有不该显露的内容。母亲甚至化了淡淡的妆。化过妆的母亲，脸上突然有了明暗和光影。苏西很少看见母亲这样地隆重，不禁愣了一愣。

"妈妈，你要出去？"

小灯用一把疏齿的大梳子，一下一下地梳通着缠结的头发。却不说话。

"妈妈，今天晚上，丽贝卡家里有睡衣晚会，玲达和克丽丝都去。我可以去吗？"

苏西是个爽快的孩子，苏西的嘴和苏西的肠子几乎呈一条垂直线。苏西早已忘记了先前的不快。苏西现在的兴趣是在另一个崭新的话题上。

小灯倒了一团鸡蛋大小的摩丝，慢慢地在头发上揉搓开来。小灯的头发若遇雨的干草，突然间就有了颜色和生命。可是小灯依旧不说话。

苏西以为母亲没有听见，就又问了一遍。这次小灯回话了。小灯的回答很直接也很简单。

"不，不可以。"

"为什么你一次都不答应我？为什么别人可以，而我就不可以？"

苏西的脚咚咚地跺着地板，脸涨得绯红。

"不为什么。你不是别人，你就是你。"

小灯看了一眼手表，就朝门外走去。走到门口，她听见楼上突然涌出一阵山呼海啸般的音乐声，轰轰的低音节拍如闷雷滚过，震得地板隐隐颤动。她知道那是苏西在开音响。苏西生气的时候，总需要这样那样的一些发泄渠道，音乐只是其中的一种。

她管不了了——雷声再急，也总会过去的。她现在得赶她自己的路。这会儿是十点半。坐上公车需要四十五分钟。等她赶过去，开业典礼大概刚刚结束。如果赶得巧，应该可以在他们准备出门吃午饭的时候，把他们正正地堵在门口。

希望没有打乱你们的什么计划。她会这样对他们说。

▼ 2006 年 3 月 29 日　多伦多 圣麦克医院

"小灯，《神州梦》里的那个女人，为什么一直不愿意回到她出生长大的地方呢？"沃尔佛医生问。

"亨利，因为有的事情你情愿永远忘记。"

"可是，人逃得再远，也逃不过自己的影子。不如回过头来，面对影子。说不定你会发觉，影子其实也就是影子，并没有你想象的那样不可逾越。"

"也许，仅仅是也许。"

小灯低头，抠着手掌上的死皮。经历过一整个安大略的冬季，手掌上都是沟壑丛生的细碎裂纹。手摸到衣服上，总能钩起丝丝缕缕的线头。

"小灯，你的童年呢？你从来没有说起过，你七岁以前的经历。"

小灯的手颤了一颤，皮撕破了，渗出一颗乌黑的血珠。血珠像一只撑得很饱的甲壳虫，顺着指甲缝滚落下来，在衣袖上爬出一条黑线。

"小灯，记住我们的君子协定——你可以选择沉默，但是你不可以对我撒谎。"

小灯紧紧按住了那个流血的手指，不语。许久，才说："亨利，我要去中国了，下个星期。"

沃尔佛医生的眼睛亮了一亮，说是去你出生的那个地方吗，啊小灯？

小灯摇了摇头，说哦不，不是。我只是去取一点资料。结婚的资料。不，确切地说，离婚的资料。我们是在中国登记结婚的，所以，要在这里办离婚，就需要当初结婚的公证材料。

"那么快，就决定了？"

"是的，亨利。"

小灯说这话的时候，脸上的神情像是倦怠，又不完全是倦怠，仿佛有些缱绻，也还有些决绝，那都是沃尔佛医生不熟悉的表情。

"小灯你看上去情绪不错，是睡眠的缘故吗？"

"是的，多谢你的新药。当然，还得算上我刚刚挣来的自由。现在我才知道，我给他的不过是一丁点自由，给我自己的，才是一大片的自由。至少，我再也不用担心，他中午和谁在一起吃饭，晚上躺在哪张床上睡觉。"

沃尔佛医生哈哈大笑起来，笑得颈脖上的赘肉一圈一圈水波纹似的颤动起来。

"脐带，你终于把脐带割断了。"

小灯走出沃尔佛医生的诊疗室，凯西已经等在门口。凯西递给小灯一个彩纸包装的小盒子，说这是我和沃尔佛医生给你准备的，祝你今天过得愉快。小灯这才猛然想起今天是自己的生日。拆开纸盒，里面是一块做成一本厚书样式的金属镇纸，镇纸上面龙飞凤舞地刻了几行字：

雪梨·小灯·王：

接近完美的作家，不太合作的病人

一直在跌倒和起来之间挣扎

小灯紧紧搂住凯西，竟是无话。

小灯走到街上，兜里的那块镇纸随着她的脚步一下一下地拍打着她的身体，仿佛有许多话要和她说。也许，这做我的墓志铭，会更合适一些。她想。也许，在中国的某一个角落，真的有一块刻着我名字的墓碑。那块墓碑上，也许会写着这样一段话：

> 万小灯（1969 — 1976）
>
> 和二十四万人一起，死于唐山大地震

也许，我真应该去看一看，那块压了我一辈子的墓碑？

小灯抬起头来看天，天很阴郁，太阳在这个早晨其实只不过是一些光和影的联想。沿街的树枝一夜之间肥胖了许多，仔细一看，原来都是新芽。

▼ 2006 年 4 月 20 日　唐山市丰南区

小灯走进那条小街时，正是傍晚时分。

雨骤然停了，风将云狠狠撕扯开来，露出一个流黄的蛋心似的太阳，重重地坠在树梢之上，将那树、那云都染成了一片触目惊心的猩红。积水窸窸窣窣地朝着低洼之地流去，顺势将街面洗过了一遍，街就清亮了起来。沉睡了一季的夹竹桃，被雨惊醒，顷刻之间已是满树繁花。

　　小灯提着裤腿，踮着脚尖，避开路边的雨水，朝着一个两层楼房走去。走到对过的时候，小灯却突然停住了。隔着一条窄窄的小街看过去，那楼已经老旧了，外墙的马赛克被一季又一季的泥尘染成了灰黄，一如老烟鬼的牙垢，早已看不出最初的颜色了。铁门大约是重漆过的，黑色的油漆爆了皮，翻卷起来，露出底下的深红。在四周高楼大厦的重重挤压之中，那楼显露出一副耸肩夹背的佝偻落泊之相。

　　二楼的阳台上，有一个五六十岁的妇人，正在整理被风雨击倒的花盆。妇人穿了一件月白底蓝碎花的长袖衬衫，脖子上系了一条天蓝色的丝巾。衫子有些窄小，腰身胳膊肘处绽开了一些细长的皱纹。妇人弯腰的时候有些费力，手一滑，一个瓦盆咣啷一声跌在地上摔碎了。妇人骂了一句天杀的，就站起来，朝着屋里喊了起来：

　　"纪登，给奶奶拿扫帚来。"

　　妇人的嗓门极是洪亮，穿云裂帛的，震得一街嘤嗡作响。

　　阳台里就走进来一男一女两个孩子，都是七八岁的样子，长得很是相像。男孩在先，女孩在后。男孩提着一个簸箕，女孩拿着一把扫帚。女孩站定了，就把手里的扫帚塞给男孩，说念登你去扫地。男孩拿了扫帚，却有些不情愿，嘟嘟囔囔地说奶奶是叫你扫的。女孩靠在门上，将眉眼立了起来，指着男孩的眉心说："叫你扫你就扫。"男孩就噤了声。

妇人拿过扫帚，轻轻地拍了女孩一下，骂道："纪登你个丫头，忒霸道了些。"

妇人将碎瓦片都扫拢来，找了个塑料袋装了，就直起身来抹额上的汗。突然间，妇人发现了站在楼下的小灯。妇人愣了一愣，才问：闺女，你找谁？

小灯的嘴唇颤颤地抖了起来，却半天扯不出一个字来。只觉得脸上有些麻痒，就拿手去抓。

过了一会儿才明白，那是眼泪。

▼ **2006 年 4 月 21 日　多伦多 圣麦克医院**

沃尔佛医生今天上班迟到了十五分钟。跨出电梯的时候，突然发现秘书凯西正等在电梯门口。沃尔佛医生刚刚被安大略医疗科学学会推举为 2005 年的年度医生，心情大好，就忍不住和秘书开了个玩笑。

"出了什么事？地震了吗？"

凯西递过去一张纸，微微一笑，说那得看你怎么想。

那是一张传真，从中国传过来的，只有一句话：

亨利：

　　我终于，推开了那扇窗。

　　　　　　　小灯

　　　　　　初稿　　2006.9.7—2006.10.16

　　　　　　二稿　　2006.10.22

　　　　　　于加拿大多伦多

空 巢

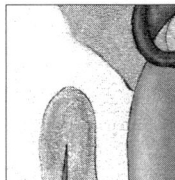

谨将这个故事

献给世上一切空巢的父母和离家远行的儿女。

何田田最近两年里连续回了三趟国，趟趟都是为了父亲何淳安。

第一趟回去是为了给父亲请保姆。第二趟多少也是。第三趟虽然不是为了请保姆，却也与保姆有关。

何淳安是个退了休的教书先生，从前在京城一所大学里教授英美文学。妻子李延安也曾在同一所学校的图书馆工作。夫妇俩育有一子一女。儿子何元元远在广州，是一家很出名的合资企业的销售部经理。女儿何田田走得就更远了，五年前移民来到多伦多，现在在加拿大道明银行的商业信贷部供职。何家的两个子女岁数上只相差了十六个月，经历上也有诸多相似之处。元元和田田在大学里学的都是商，后来的工作也多少与商有关。都忙。都结了婚，又都离了婚。都没有子女。现在都在单身和不单身的那个灰色地带生活。

田田是离完了婚才决定出国的——当然是从头过起的意思。田田离婚的过程像一场漫长的高潮迭起的戏剧，整整演了三年。这三年里田田就住在父母身边。娘家成了田田歇脚的窝，睡觉的枕头，揩眼泪的帕子，装气话的竹篓。一场婚离下来，父母就老了。

父母是在田田的眼皮底下老的，田田却浑然不知。犹如一个常住河边看惯了河水的人，是看不出今日之水原来不同于昨日之水的。等田田意识到父母的老时，事情已经进入了一个无法挽回的死圈。

现在回想起来，其实母亲是早就有了迹象的。母亲爱掏父亲的衣服口袋，母亲爱翻父亲的文稿，母亲爱拆父亲的信，母亲爱偷听父亲的电话。年轻时很有些英武豪爽之气的母亲，五十岁过后却渐渐地变得敏感爱猜疑起来。田田一直以为这是母亲对父亲日益上升的社会地位的一种危机感，直到后来在一位加拿大同事家里偶然翻到一本医学杂志，才恍然大悟这其实是老年痴呆症的一些症状。只是从前母亲在操着太多人的心，母亲的这些蛛丝马迹，散落在太多太纷繁的生活内容里，如沙滩底下浅浅地埋着的石子，被人在忙乱之中混混沌沌地错过了。待到元元去了广州，田田出了国，母亲的生活天幕突然变成了一片硕大的空白，她那些反常的举止才日渐清晰地浮到了表层。

父亲也不知道母亲有病，父亲以为母亲只是太寂寞了，于是父亲在过了六十五岁生日之后就刻不容缓地办了退休手续。当时父亲还带着几名研究生，手头还有几篇论文尚未完成。像父亲这样多少算有些贡献的资深教授，其实完全可以延续几年才退的，可是父亲想多在家里陪陪母亲——母亲没有高级职称，退休得早。

然而没有用。

父亲的日日相守，田田隔天一个的越洋电话，元元三个月一次的探亲假，都没有把母亲从那条越走越窄的暗路上扯回来。母亲还是执意地走了那样的极端。

母亲的事，田田是过后一个月才知道的——是元元刻意对她隐瞒了的。后来元元再也瞒不下去了，才百般无奈地打电话来多伦多搬救兵。田田接到元元的电话，第二天就坐上飞机飞回了北京。

田田进了门，一眼就看见客厅正墙上母亲的那张放大照片。照片是母亲略微年轻一些的时候拍的，衣装发式都有些过时。母亲的笑容似乎刚刚展开，就被快门骤然切断，眼角眉梢便有了微微一丝的惊讶神情。照片上的那个黑框如同一张大嘴，将田田一口嗑了进去。田田没顺过气来，身子一矮，就瘫坐在沙发上。喉咙里涌上一团咸涩，吐也吐不出来，咽也咽不回去，哽噎之中，眼泪便汹涌地流了出来。

何淳安看着女儿倾金山倒玉柱地哭，只将两手在膝盖上磨来磨去，干裂的手掌在裤子上刺啦刺啦地钩出一条条细丝。

"谁想得到呢？谁想得到呢？"何淳安一遍又一遍地说。每说一遍，气就短了一截。说到后来，那声音便如炎夏午后的蝇子，有气无力嘤嘤嗡嗡地飞撞在田田的耳膜上。

李延安出事的那一天，实在和其他的任何一天没有太大区别。早上起来，何淳安照例去公园练太极拳，李延安照例去小区的菜市场买小菜。等何淳安练完太极拳回家，李延安也正好热完了早餐。两人面对面地坐在厨房的小餐桌上，一边喝豆浆，一边看报纸。何淳安看的是《晨报》，李延安看的是《健康报》。一碗豆浆喝得见了底的时候，报纸也就翻得差不多了。何淳安擦过了嘴，站起来，说要去学校一趟，取几封信。走到门口，听见李延安在厨房里异常响亮地笑了一声，说："眼花儿不来，你就急了吧？"

李延安嘴里的"眼花儿"，泛指的时候，说的是何淳安所有的女同事、女学生。特指的时候，说的是何淳安的得意门生颜华。颜华博士毕业后留了校，和何淳安在一个教研室里工作，先前是师生，后来是同事，来往算是比较密切的。平日在家里李延安也时不时地拿"眼花儿"说事，时而泛指，时而特指，何淳安一味地这只耳朵进那只耳朵出，并不计较。

那天也不知碰着了哪根筋，心里有一股无名火噌地蹿上来，便忍不住回了一句："急了又怎么着？"便夺门而去。

何淳安到了学校，见着了几个多日未见的同事，说了些系里的飞短流长，一时聊得兴起，几个人就在学校的餐厅吃了顿午饭，喝了几盏小酒，回家就晚了。他脸红耳热地进了门，一叠声地喊李延安："晚上早点吃饭，周教授给了两张戏票，小百花越剧团的《碧玉簪》。"早把先前的口角忘得一干二净。

走到卧室门口，觉得脚底有些黏，低头一看，脚上像踩了一泡西红柿酱。冲进屋里，只见满地的猩红，浓浓稠稠半干未干的，在墙角门后流成大团大团的花。床铺看上去却是平平的，不像是有人的样子。何淳安哆哆嗦嗦地掀开被褥来，才看见了一片扁平如纸的身子——那是流完了血缩了型的李延安。李延安用的是一把钝刀，腕上的伤痕如锯齿般参差不齐。这个在延安窑洞里出生，在马背上度过最初童年的女子，就这样将她世袭的军人般的刚烈演绎到了极致。

何淳安从屋里跌跌撞撞地跑出来，冲到楼下，蹲在门口的大槐树下，哇地吐了一地。酒和肉的腐臭随着风在街上飞得很远，蝇子在秽物上黑压压地围了一圈。撕心裂肺地吐完了，扶着树身站起来，抬头看天，只见天上一颗鲜血淋漓的太阳，朝着自己正正地飞坠过来。想躲，却没躲过，就被咚的一声砸倒在地上。

等他完全清醒过来，已是三天以后的事了。三天中他的生活里发生了很多事。当他的意识还在沉睡和苏醒中间的那个灰色地带飘浮时，他的妻子李延安已经火化入葬了。他的儿子何元元从广州赶回来，雇人将他的房子彻底地清理打扫了一番，并将家具都重新摆置过了。所有关于李延安的痕迹，都被小心翼翼地掩藏了起来。

何淳安出院回来，像走进了别人的家，惶惶不安，手足无措。他在屋里频繁地进进出出，不停地打开抽屉柜橱的门，仿佛在寻找什么，却又仿佛什么也没有找到。何元元的担心，几乎完全是多余的——何淳安没有问及李延安。一句也没有。

一连几天都是这样。

元元原先准备了多种可能性，都是用来对付父亲的记忆的。元元唯一没有准备到的，是父亲的失忆。记得是一种痛，不记得也是一种痛，只是这两种痛却是无法抵消取代的，都得一一痛过。

元元悄悄去医院咨询过心理医生，医生说经历过这样巨大的刺激之后，暂时失去记忆是一种自我保护的方式，恢复记忆就是痊愈的一个迹象。

两个星期之后，有一天吃晚饭的时候，元元把饭菜都摆上了桌，一边摆筷子，一边貌似无意地说了一句："妈妈做的菜比街上买的好吃多了。"

何淳安很久没有说话。元元转过身来，发现父亲的人中上流着一条清鼻涕，目光死死地定在墙上，仿佛要把墙看出一个洞来。

"工作证。"后来何淳安喃喃地说。

"什么工作证？"元元不解。

"上面的那张照片，你拿了，放大，挂墙上。"

元元这才知道父亲这么多天一直在找母亲的照片，一颗心方稍稍地落到了些实处。

办完母亲的丧事，元元要带父亲去广州住一阵子，也算是换个环境，散散心的意思。何淳安执意不肯，说你妈回来找不着人呢。元元说妈现在是灰是烟，你到哪里她就跟你去哪里。那原本是一句劝解的话，老头听了，却像是受了惊吓，竟泥塑木雕般地呆坐了半天，连饭也不肯吃了。元元无奈，只好说要不你跟田田去加拿大住几个月，反正你听得懂英文。老头连连摇头，说她拖了我这么个老油瓶在身边，更没有人敢娶她了。

请保姆的事就这样提到了议事日程上。

何淳安在家务事上基本算是个低能儿。从买菜做饭到洗衣扫地，从前家里的大事小事都是李延安一手包办的，何淳安甚至连银行密码都懒得去记。李延安骤然一撒手，现在何淳安连洗衣机都不知怎么使，烧水沏茶也得从头学起。

可是何淳安坚决不同意请保姆，说家里来个生人不习惯也不安全。其实真正的理由何淳安却没有告诉儿子。妻子是因为一群莫须有的女人而死的。自己虽然是清白的，可是再大的清白在妻子的刚烈里走过了一遭，就像一张搓揉过的纸，多少就有了印记。印记的存留，只在一念之差。而洗刷这个印记的过程，可能就是他的余生了。他行在街上，前胸背后似乎都贴满了芒刺般的眼光。在这样的眼光里，他无论如何也不能安然享受另外一个不是妻子的女人带给他的安逸。六十六岁的退休教授何淳安，已经被这样一个突兀的人生变故吓破了胆了。

元元一转眼就在父亲身边待了一个来月。广州的公司来了最后通牒，说再不回来上班就要另请人顶替他了。何淳安就催儿子走，说你管得了我一时，还能管得了我一世？我终究得学会自己生活的。元元临行前，去超市买了一冰箱的面包饺子速食面，不厌其烦地教导父亲如何烧水煮食。又给父亲系里要好的同事学生一一打了电话，让时时关照父亲。谁知刚回广州三天，就接到了邻居的电话，说父亲将一锅开水

打翻在地上，烫伤了脚，住进了医院。元元再也抽不出假
期了，只好星夜打电话给远在多伦多的妹妹田田，让她火速
回来一趟。

　　诚聘家庭助理，照顾一位知识老人。精通家务，
有耐心，初中以上文化水平。月薪绝对高出市价。
其他优惠面议。

　　田田一到家，就起草了一则聘人广告。汲取了元元前次
的教训，田田这次采用的是强硬高压手段，何淳安连插嘴的
机会都没有，广告就在《晨报》和《晚报》上白纸黑字地登
了出来。

　　后来的几天里，倒是陆陆续续地来了好些电话。有几个
在电话里听起来就不是那块料的，田田面也不见就给拒了。
剩下的几个听起来还算顺耳的，等约来了一见，竟没有一个
看上去略微顺眼些的。个个打扮得花枝招展，进门先把家电
厨厕设备都巡视了一遍，才肯坐下来说话。每送走一个，田
田的眉心就多了个结子。到后来沮丧至极，忍不住感叹善良
淳朴的中国劳动妇女都到哪里去了——夜总会招人，来的也
不过如此呢。

110

何淳安坐在沙发上，闭了眼睛冷笑："祥林嫂出国了，四凤经商了，陈白露倒还是有的，只是你老爸敢要吗？"

田田听了啼笑皆非。

后来电话就渐渐稀少了。

田田正打算调整战略目标，朝钟点工的方向转移，有一天早上，突然接到了一通电话，有人找"何老师"。正逢何淳安到医院换药去了，田田以为是爸爸的学生，就问人家要名字和电话号码。那人顿了顿，才说自己叫赵春枝，没有电话，是借了公用电话打的，就想问问何老师家里找着人了吗。田田这才明白又是一个找工作的。这么多个人里头，也只有这个女人管父亲叫何老师，田田心里便有了一丝好感。

就问女人是哪里人，女人说是温州藻溪乡人。田田吃了一惊，因为父亲的老家就在浙南那一带。虽然父亲离家五十多年了，老家也早已没有什么亲属，可父亲这几年老了，话语里常有些怀乡的意思。田田心想这说不定是个好彩头呢，就笑，说只听见你们温州人到处找保姆的，哪还有温州人出来给人做保姆的？女人也笑了，说再富的地方也有穷人——各人有各人的命呗。女人的笑声哑哑的，有几分认命的无奈，也有几分不认命的刚倔，田田的心不由得动了一动，当下就决定约女人见面。这次多长了个心眼，没把女人约到家里来。

　　当天下午，田田约了这个叫赵春枝的女人在离家不远的一家茶室见面。女人准时到了，点了一杯菊花茶，小口小口地喝着。茶渐渐地浅了下去，却死活不肯再添。女人出乎意料地瘦弱纤细，剪了一头齐齐的短发，穿了一件洗了很多水的浅蓝衬衫，一条同样洗了很多水的深蓝裤子，虽是旧了，却异常地干净平整，整个人看起来像是五六十年代黑白照片里的女学生。女人的脸上脖子上到处都是汗，头发在额上湿成一个个小卷——田田猜测女人大概没舍得坐车，是一路走过来的。

　　就大致问了问女人的情况。

　　女人三十八岁，念过高中，离了婚，有一个十四岁的女儿，在老家跟着外婆生活。女人在京城做了四年的保姆，前一个东家刚去世，正在找新东家。

　　为什么离的婚？

　　田田知道这不是她该问的问题，可是田田知道她给的工资让女人没法拒绝，所以她把目光定定地放在女人脸上，神情自若地问了这个问题。

　　不学好。女人说。

　　怎么个不学好？

　　女人低了头，掏出一块手帕，一下一下地擦着脸上的汗。

半晌，才轻轻地说大姐你该操心的事很多，我那点事，不值得你操心。

女人回答得不卑不亢，田田却问不下去了，只好换了个话题，问女人有什么要求。女人说没要求，什么样的老人她都伺候得了。

于是田田就领着女人往家去见父亲。其实这时田田已经拿定了主意要留下这个女人，父亲的过目如同英国女王在国家文件上的签名一样，只是一个必要的形式。

田田将女人带进家，对父亲说："这是赵春枝。春枝先前工作过的那家，也是老师。"

父亲正在剪指甲。父亲的老花镜度数浅了，父亲剪起指甲来就有些吃力。父亲把手伸得远远的，眼睛眯得细细的，鼻子在眼镜底下蹙成一个皱纹深刻的肉团。父亲看了一眼女人，便又低了头，继续修剪指甲，指甲剪在静默中咔嚓咔嚓地响得闹心。

"把剪子给我。"女人说。

指甲剪的声音突然安静了下来。父亲把女人的话翻来覆去地咀嚼了几次，才渐渐明白过来那是乡音。父亲抬起头来，呆呆地看着女人。父亲的目光穿过女人，穿过女人身后的墙壁，遥遥地散落在半空中。父亲的眼中，就有了些水汽。

女人趁着空当，拿过父亲手中的指甲剪，帮父亲剪起指甲来。父亲起先有些扭捏，可是女人神情凛凛，把父亲的扭捏瞬间碾灭在萌芽状态。女人正着剪，反着修，先左手，再右手。父亲的十根手指在女人粗糙的掌心走过一遭，如同抛了一次光，就有些平整光洁起来。田田坐在边上看着，眼皮渐渐黏搭起来。走失了多日的睡意，在这个平淡无奇的下午骤然回归，方明白自己的担子大约是可以卸下一些了。

"春枝你今天就住下，剩下的行李我明天找人帮你取回来。"田田吩咐女人。

"谁答应的？我说过家里不住生人。"何淳安突然站了起来，一把拂开女人，指甲剪咚地掉在茶几的铁角上，溅起一片嘤嗡。

女人怔了一怔，不语，却弯下腰来捡剪子。

"熟人也是生人过来的嘛。春枝是同乡，总比完全不知根底的人好。"田田耐着性子，细声细气地劝着父亲。

"她白天可以来帮忙，晚上自己找地方住。这是我开的条件，她接受就来，不接受就走。"何淳安脸朝着田田，话却是对春枝说的。

春枝拿起搁在墙角的背包，头也不回就往门外走去："你给我付房租，我就住在外边。这是我开的条件，你答应了我就来，你不答应我就走。"

田田追出去，女人已经走远了。女人走路的时候脚紧紧地贴着路边，身上的布衫在风里一鼓一颤的，如同没能飞起来的鸽子。田田跑了半条街才追上了，气喘吁吁地对女人说："学校的宿舍，我给你找一间。两三个人一起住，明天就来，行不？"

女人停下来，叹了一口气："大姐，如今上哪儿找你这样的女儿。"

田田也叹了一口气，说你比我大，别大姐大姐的，叫名字就好。人老了，就是孩子，只能哄着些。你这脾气，能行吗？

女人说我们乡下人就这么称呼的，改不过来。大姐你书读得比我多，外边的事也懂得多。可我见的老人却比你多呢。我知道什么时候该哄，什么时候不该哄。

田田觉得女人的话有些道理，就不吭声了，一路送女人去了汽车站。前一班车刚走，后一班车还没来，两人都有些累了，就斜靠在站台柱子上等。红云沉尽了，天渐渐地暗了下来。路灯一盏一盏地点过去，从街头亮到街尾，像一串藏过了年代的老珠子，黄黄地坠在街市的胸脯上。归家的鸽子低低地飞过，暮色里到处是翅膀的划痕。

大姐你孩子多大了？女人问。

田田摇头，说没孩子也没老公——离了。

为什么离的？

田田看着女人，一字一顿地说：

不学好。

两人的眼睛对上了，就忍不住哈哈地笑了起来。女人笑的时候，颊上有两个若隐若现的浅坑。那浅坑一路乱颤着，使得女人的表情瞬间里清朗生动起来。

车终于来了。女人上去了，挑了个窗边的位置坐下，从窗缝里钻出头来，说："何老师我来管，大姐你安心回去，再找一个合适的。"

田田两眼热了一热。搜肠刮肚，想跟女人说一句略微亲近些的话，话没出口，车就启动了。女人渐渐变成了一个小小的蓝点，消失在一街的轻尘里。

这时田田提包里的手机叮叮当当地响了起来。

是秦阳。

"找着合适的人了？"

隔着一汪大洋，秦阳的声音听起来有些疲惫。田田算了算时差，这会儿正是多伦多的凌晨。秦阳午夜才下班，到这时才睡了三四个小时。田田就问怎么这个时候打电话。秦阳

116

笑了笑，说小姐我压根还没上床，拨了几个小时的电话了，线路都不通。田田说你就不会明天再打吗？秦阳说你是想让我一夜不睡呢，还是两夜？田田咔咔地笑了起来——秦阳总是能把话说到人的心尖子上。

"找了一个，看上去还算老实。也只有这一个，是我爸点了头的。"

"老头子，情绪还好吗？"

"好得了吗？整天对着那张照片……"田田说了半截，眼泪就毫无防备地流了下来。这几天一直在忙父亲的事，倒没有时间来好好想一想母亲。此刻关于母亲的记忆突然混混杂杂地涌了上来，按捺不住地堆挤在喉咙和鼻腔中间的那个狭窄空间里。眼泪被夜风瞬间吹干了，可是眼泪爬过的痕迹却久久地刺痒着。

"秦阳，我没……没有娘了。"

那头是一片短暂的沉默。后来秦阳轻轻地咳嗽了一声，说田田，你总还是有我的。

在多伦多田田的朋友圈子里，很多人都不知道秦阳这个名字。可是你若说起田田的"后备役"，几乎人人皆知。甚至连田田自己，也不十分忌讳。确切地说，"后备役"这个名词，其实最早还是田田自己发明的。那天田田第一次带了秦阳去参加一个朋友的生日晚会，众人私下里拉了田田问那个男人是谁。田田怎么都不承认是男朋友，后来被逼得紧了，才说是后备役——若到了四十岁还没有着落，再考虑嫁给他。当时美国正在伊拉克开战，报纸、电视、电台上到处是军事用语。田田随口抓了一句来用，没想到用得如此到位，后来竟流传得如此之广。当这个称呼在朋友圈子里流传过好几圈，又重新流回到田田耳边的时候，田田觉得有些陌生走味了。仿佛她泼出去的原是一杯水，过些时候流回来的，却成了一碗茶。茶原是从水来的，可茶却又不完全是水了。

秦阳是田田办公楼旁边一家咖啡馆的侍应生。田田午休时去那里喝咖啡，听秦阳和顾客讲了两三句蹩脚英文，就听出是同胞，便长驱直入肆无忌惮地和秦阳讲起了中文。田田是一个人过日子，秦阳也是一个人过日子。一个人过日子当然会有许多空闲的时间，尤其在多伦多这样冬季无比寒冷漫长的都市里。于是两人就自然而然地凑在一起，来规划填补那些空闲出来的时间。秦阳中午上班，一直工作到午夜，做两天歇一天，而田田是规规矩矩的朝九晚五。遇到秦阳上班的日子，两人就趁午休的时候在咖啡馆里见面——田田特意把午休安排到下午两点咖啡馆生意清闲一些的时候。在秦阳不上班的日子里，秦阳就在唐人街买好了菜等着田田回家一起做饭吃——两人是极少到外边餐馆吃饭的。田田是个年薪七万的白领丽人，而秦阳的收入却接近于最低工资线。最初田田提出来回家做饭吃，是为了不让秦阳窘迫。到后来成了习惯，却发现在家吃饭有诸多的好处，就再也不愿意出去吃了。

最大的好处是可以喝酒，而不用考虑酒后驾车。

秦阳手脚麻利，做得一手好菜。等菜上了桌，两人跟前各摆了一只酒杯，就开始轻斟浅饮。秦阳从不沾啤酒、葡萄酒，只喝白酒，而且是唐人街超市里走私进口的最便宜的北京二锅头。田田渐渐也跟着喝起了白酒。不知不觉间，田田发现自己有了酒量。两人喝得很慢，一杯酒能喝上大半个夜晚。酒是一滴一滴地滚落到肚肠里的，那样的喝法只够溅起颧上一两片惊心动魄的潮红，却是不能掀动心里的大风大浪的。两人喝到身子像卸成无数碎片，脑子还全然一体的时候，就停了。歪在沙发上看几眼电视，便昏昏地睡了过去。再醒来，大概就是半夜了。田田在家穿的是最随意的便装，人在酒里梦里揉过一遭，满嘴生臭，蓬头垢面，状如女鬼——在秦阳面前却没有丝毫羞涩之态。

酒半醒的时候，欲望就生出来了。所有都市男女单独相处时想做该做的事，他们也都做，而且做得甚是凶猛。在婚姻的烂泥淖里走过一遭的田田，自然是轻车熟路，尽管秦阳不是她先前的车先前的路。这一点田田从一开始就知道了。秦阳的路曲里拐弯，每一道弯里都蕴藏着一些无法预测的惊喜，娴熟和温存仿佛出自毕生不懈的练习。

遇到天色和暖一些的时候，两人就下楼，到公寓边上的街心公园坐一坐，听流浪艺人远远地吹些凄凄惶惶的曲子，撕几片面包来喂满地行走的鸽子。然后再步行到唐人街的中国剧院看一部晚场电影，大都是粤语片国语字幕的——秦阳英文不好，看不太懂英文片。然后秦阳就送田田回家，然后秦阳再开车回到他自己的住处。有一天秦阳送田田到了公寓门口，自己钻进了车子，却又探出头来，说田田还是我搬过来住吧，天天赶过来赶回去的，多累啊。秦阳说这话的时候微微有些结巴，田田却没吭声。看着秦阳的二手牛车咣当咣当地撞进一街浓密的夜色里，田田的心情突然复杂了起来。

在那个夜晚之前田田对秦阳的感觉是异常简单的——一种权宜，一些方便，一段过渡。秦阳比田田小四岁。秦阳没有上过正式大学。秦阳没有正式移民身份。秦阳在顶着别人的工卡打黑工。秦阳一个月的收入除了房租伙食汽车开销之外，大概只够买几瓶二锅头。秦阳的糟糕不仅在于他的一无所有，而且在于他不具备任何峰回路转的潜质。秦阳的存在，似乎只是为了给田田这类人做注解的。在那些充斥着华埠报章的成功移民故事中，田田是那个套红的标题，而秦阳却是那个衬托标题的参照物。除了年龄以外，秦阳和田田之间没有可比性。而年龄的反差，使得田田对秦阳的想法越发地简单了起来——田田从来没有对秦阳有过第二种想法。

直到那个夜晚，秦阳说出了那句话，田田便想起平日闲聊时，秦阳提起过要开咖啡馆的事情。秦阳这几年在咖啡馆里打工，虽然辛苦，却也学了几个挣钱的绝招。就想自己去开一家——在大办公楼底层，做早餐、午餐，客流量大、营业时间短的那一种。秦阳对咖啡馆的想法很具体细致。秦阳想到了食品的种类、装修的格调、员工的配置。秦阳甚至把名字都想好了，就叫"龙塔"——龙塔是英文 long time 的谐音，取的是天长地久的意思。秦阳考虑到了塔身塔尖的每一个细节，秦阳却唯独没有提到塔的地基——资金和一张移民纸。没有这两样东西，秦阳的塔设想得再仔细再具体也只能是镜中花水中月。

然而秦阳恰恰就是没有这两样东西。

可是田田有。

田田早已拿到了加拿大公民身份。田田手头可以活动的现款虽然不多，田田却完全可以利用工作之便申请到银行的商用贷款。

如果田田拥有的也能成为秦阳的，那么秦阳的龙塔就可以坚实美丽地竖立起来了。

田田被这样的联想吃了一惊，回过头来看，似乎秦阳的每一道目光每一个举止都铺垫了一层急切。从那天开始，田田就刻意疏远了秦阳。借口开会，借口出差，借口家里有客人，田田和秦阳见面的机会就渐渐少了，田田当然也不再去秦阳工作的那家咖啡馆吃午饭了。

没有秦阳的日子里，时间突然就多得没了章法。下班回家，走进那个空落落的公寓房间，隔宿的寂寞如一张柔软却无所不在的网，将田田兜头罩住。任凭田田拳脚交加，也凿不透一个小小的口子。这时她就想起了秦阳的种种好处。秦阳的温和细致，秦阳的幽默，秦阳对生活的热情和活力，秦阳恰到好处的逢迎。在和秦阳的交往中，他给她的距离始终是合宜的，再近一分就有可能让她感到窒息，再退一分就会让她失去了安全感。无论是进是退，他很少乱过阵脚，失过分寸。于是田田很是怀念起秦阳来，有几次甚至已经拿起了电话，要拨那串熟记在心的数字。然而秦阳的每一个好处也同时让田田惊骇——这些好处似乎是古今中外所有吃软饭的男人都具备的。女人的欢心就是他们的饭碗、他们的天。田田虽然愿意被男人哄着捧着，可是田田却从没想过做男人的饭碗、男人的天。

于是她最终还是慌乱地放下了电话。

后来田田就找到了别的方法来打发那些过也过不完的长夜。田田开始整宿整宿地在网上和陌生人聊天，田田也开始参加各式各样的交友俱乐部。交过几个男人，心热过一阵，又凉过一阵。期望高高地飞到了云间，却又低低地落到泥里土里。只是热凉起落都是需要耗费心神的，渐渐地，田田发觉自己心里关于秦阳的念想就给磨薄了。

田田和秦阳的故事其实完全可以在此处画上一个干脆利落的句号的，可是偏偏在这个节骨眼上，田田出了一件事。这件事使得这个句号滑了一滑，带出一个小小的尾巴，变成了逗号。于是这个故事像一棵几近枯竭的树又意外地长出了一根新枝。

那一天田田下班回家，把车开进了地下停车场，刚要下车，突然间两耳一阵轰鸣，犹如千百只秋蝉在飞舞碰撞，屋顶上的灯变成流星雨，一阵一阵飞旋着向她洒落下来。她两脚一软，便倒了下去。

醒来时，模模糊糊地看见眼前有一个花圈，花圈上挂着一朵朵花。花很大，花蕊蠕动着，发出各种各样的声音。过了一会儿，眼神渐渐清朗起来，才看出那些花原来都是人头。后来花渐渐都散去了，只剩了一朵，近近地贴在她脸畔。

"算你命大，车开到家才出事。"

那朵花是秦阳。

田田吃了一大惊，问你怎么来了？秦阳看了田田一眼，一字一顿地说："召之即来。"田田这才隐隐记起来，自己昏过去之前似乎拨过一个手机号码。那个号码大概一直浅浅地埋在潜意识里，只需轻轻一扫，就随时浮到了表层。想起自己这些日子里对秦阳的刻意疏远，脸上不禁就浮起些斑驳的臊意。

"你到底还是把我想起来了。没听人说吗：铁不铁，就看你生病了想的是谁。"

秦阳依旧是没心没肺的，田田听了却是一怔，一时竟是无话。

田田得的是美尼尔综合征。发病时症状凶猛，医生下令暂时吊销驾驶执照半年。田田的住处离公车线有一段距离，早上赶车太急，秦阳就来接田田上班。接了几天，田田说你不如就在这儿住吧，省得天天起得这么早。

第二天秦阳果真就搬了进来。从此就没有再搬回去。

　　田田临回加拿大之前，在父亲的学校里给赵春枝找了一间房子暂且住下——是学校办外语培训班时给外地学员准备的宿舍。春枝和三个外地女学员一起住。房管处知道何淳安教授家里出了事，多少有些可怜老头子，便睁只眼闭只眼，由着去了。田田又去买了辆女式自行车，作为春枝在校园和家之间的交通工具。等拿着了房门钥匙和自行车钥匙，保姆赵春枝就正式走马上任了。

　　春枝早上骑车到何淳安教授家里，去小菜场买好一天的菜，准备早中晚三顿饭食，收拾整理房间，清洗被褥衣物。何教授身体基本健康，行动方便，也极少挑口。何家的这一点简单家务，春枝弹琴似的顺过一遍，还没来得及调动所有的指头，就完成了。于是，春枝手里就剩下了大把大把的时间。春枝使用空闲时间的方式只有一种，就是绣花。

　　春枝不绣寻常的花草鸳鸯，春枝绣的是西洋油画。春枝的绣花绷子很大，大得像一幅画。春枝把印刷品的油画贴在布上，就直接按着画上的颜色上针，深的上深色，浅的上浅色。不过春枝有时也不完全跟着画谱走，比方说，绣到房顶时，春枝用了很多金黄色的丝线。绣到树梢时明明应该用绿色，春枝却偏偏用了粉白。那黄的和白的乍看起来像是半空落下来的鸟屎，出挑而别扭地黏在屋顶和树枝之间。等到一幅画都绣完了，远远地挂在墙上，眯了眼睛细细地去品味，才发现那黄的和那白的使得原本幽暗的景致里突然涌现出一片片瀑布似的阳光。

何淳安看了，愣了很久，才轻轻说了一声"没想到"。

春枝把剪子、线团咚的一声扔回针线包里，笑了一笑，说没想到什么呢？没想到我们乡下人也有点艺术细胞，是不是？田田在京的那几天，春枝说话还有些顾忌。待田田一走，春枝就露出了真性情，想什么说什么，口无遮拦。何淳安辩解不得，只好呵呵地傻笑。

其实何淳安也有大把大把的空闲时间。何淳安现在极少去学校。何淳安见不得众人那躲躲闪闪半是怜悯半是猜测的目光。那些目光如春日挂在树梢上的一抹飞丝，拿手指头轻轻一挑就断了。断在手上，看是看不见了，却缠缠绕绕总也感觉不甚清爽。

何淳安空闲的时候，就爱看书。何淳安看起书来，全然不是市井闲散之辈的那种看法，何淳安对看书的姿势实在是很挑剔的。首先，茶是必备的。上好的毛尖，二遍茶——第一遍是要过滤倒掉的。其次，老花镜要仔仔细细地哈气擦拭过，不能有一丝一毫的云雾。再者，躺椅的倾斜角度也是一个定数，要调到头颈和身子大致成四十五度角的那个位置。

这些姿势排场都做过了，何淳安才能静下心来看书。心是静下来了，书却依旧看不下去。书里的字像是一块块黝黑的岩石，成团结伙地阻拦着何淳安的思绪。何淳安看懂了每一块岩石，何淳安却没有看懂山。何淳安的目光在岩石之间慌乱地走过几遭，就很是疲乏起来，睡意翩然而至，书咚地落到了地上。

春枝捡起书来，撩起衣襟擦了擦何淳安落在书上的口涎，看见封面上有一张照片，照片上是一个眉黑目深的高鼻梁西洋女人。女人的笑意很浅，嘴唇抿得紧紧的，神情有些寥寂。翻了翻书的内容，通篇上下竟没有一个中文字。正惊异间，突然想起老头子就是教英文出身的，才忍不住咕的一声笑出声来。

这一笑，就把何淳安惊醒了。坐起来，一时不知身在何处。懵懵懂懂之间，突然叫了一声"延安"。叫完了，人就完全醒了。愣愣地呆了一会儿，才慢慢起身去了厕所。

嗒的一声，门从里边锁上了。一阵窸窣之后，就有了些叮咚的水声。接着就是哗哗的水声。再后来，就是一片长久的凝固不化的静寂。春枝听说过李延安是怎么死的，这时突然有些心悸，忍不住悄悄地走过去，把耳朵贴在门上，屏着气听。谁知人还没有站稳，门却骤然开了，春枝身子一歪，几乎跌倒。何淳安扶住了春枝，叹了一口气，说："她糊涂，我哪能也跟着她一般糊涂。"

春枝的心方咚地落到了实处。也叹了一口气，说："别人说她糊涂，是不明白她。连你也跟着说。她哪是糊涂呢，她这明明是病。她病得这般苦，你既不能替她受这个苦，还不让痛快地走。她走了，对你来说是舍不得，那是你的自私。她却是解放了呢。让你试试看，这样的病，苦得没个尽头没个解救的，放在你身上你受得了？"

何淳安却是从没听过人这样劝解自己的。突然间，黑隧道般阴稠的心里，窄窄地流进了一线光亮。光亮之下，有纤尘细细地扬起。沉实了多日的心，开始有了第一丝的松动。

两人回到客厅，绣花的依旧绣花，看书的依旧看书。春枝将一根线头在嘴里含了半天，才吐出来，朝着何淳安手里的那本书努了努嘴，问："何老师，那个沃尔芙，文章写得好吗？"

何淳安吃了一惊，问你看得懂英文？春枝将脸涨红了，说就认得几个字而已。从前做事的那户人家，爱看录像带。有个电影，就是讲这个沃尔芙的，说是个有名的英国作家，投河死的。

"你说的那个电影叫'时光'，说的是沃尔芙死前的那一段。其实人家活着的时候就出大名了，倒是死了，却没怎么着。那年我去伦敦访问，下着大雨撑着把破伞去戈登广场找沃尔芙故居。找着了，连个牌子都没有。旁边那座房子，倒挂了个大牌子，说是某某某，赞助过沃尔芙的。连英国也这样，只记得阔佬，却是不记得秀才的。"

春枝扑哧笑了一声，说怎么不记得？何老师你看的是谁的书呢？阔佬有书留下来吗？没听说人阔了就想买学位吗？可见秀才还是比阔佬稀罕些呢。

何淳安被春枝逗乐了，也跟着笑，说是呀是呀，那个沃尔芙，研究外国文学的，人人都得读她的书呀。她倒是很替你们女人说话的。就是她说的，女人想写书，首先得有自己的房间，再得有五百英镑的年收入。她是说女人当自立——那都是女权主义的最初意识呢。

春枝撇了撇嘴，说女不女权的，我是不懂的，我只知道那女人长得倒是挺灵秀的。可是心里冷着呢，一条路黑冷到底，多好的男人都暖她不过来呢。

何淳安没有说话。过了好久，春枝抬起头来，才看见了老头颊上斑驳的泪痕。

李延安心里大约也是那样一条路黑冷到底，再也没有人可以暖她过来，才决定走了那样的极端吧？

可是，李延安年轻的时候，却是一支火把、一盏灯，站在最暗的路口，也能毫不费力地照着自己、照着别人的呀。

何淳安认识李延安的时候，已经大学毕业好几年了。他留校在外文系教欧美小说，她才刚刚分配进学校的图书馆做图书管理员。他偶然从别人嘴里听说了她父亲原来是一位赫赫有名的将军，才开始对她有了星点的好奇。在他那个人生阶段里，用"星点"来形容他对她的好奇，实在是恰到好处的。

那时他早已不是一张白纸了。

何淳安从小在教会学校里学的英文，口音里带着一丝牛津校园味，文章更是写得地道典雅。自小就将一应欧美名著看得滚瓜烂熟，倒背如流。时常信手拈来，出口成章——是外文系理所当然的业务尖子。却又没有洋文教授通常有的虚浮轻佻，行事为人很是稳重厚道，自然是讨女孩子欢喜的。在认识李延安之前，他曾有过两次恋爱经历，一次是他的大学同班同学，另一次是他朋友的妹妹。然而到了谈婚论嫁的地步，两个女人都却步了。他是侨乡来的，身世充满了故事，有许多近亲远亲在海外，所以他在系里，无论是升职还是提薪，都是落在最后的。他的两任女朋友都是因为这个原因离开他的。

那两个女人，也绝非浅薄低俗之类，都是人中的尖子，花中的花。她们都很懂得他的优点。可是他的优点仿佛是伞，而他的身世却是雨。伞再好，也只能抵挡一时一刻的雨，却抵挡不了一生一世的雨。所以她们后来都选择了不需要伞的晴天。

这两次恋爱，他都爱得死去活来。到分手时，他觉得已经耗尽了他的心神。在那个凡事讲究简单纯洁的年代里，他的感情经历就算是复杂得有些可疑了。在那之后他再见到适婚的年青女子，便有了尚未得到就已经害怕失去的焦虑。这份焦虑最初是隐隐约约，似有似无地藏在心中最底里的那个角落的，后来被年岁搅动着，零零星星地浮现上来，积在眼角眉梢鬓角唇边，直到有一天，他在公共浴室的镜子前擦头发时，突然就发现自己已经有了第一缕的落泊和沧桑。

那天是何淳安二十五岁生日。他从学校的澡堂洗完澡出来，拎了一网兜换下来的脏衣服，行走在校园四月的暖春里，湿润的头发被风随意扬起，像一株盛开的蒲公英。而他那天的心境，也恰恰符合了蒲公英的比喻——从盛开到凋零，似乎只需要一阵风。二十五岁仿佛是一道坎儿，二十五岁之前，他有些木知木觉。过了二十五岁，他突然就感觉到了风的存在。

可是那天的李延安还是一沓白纸。十九页，页页雪白平整，毫无印记褶皱。

那时李延安的父母已经结束了多年的戎马生涯，渐渐适应了安定的城市生活。当父母终于意识到子女的存在时，李延安已经像一根石头缝里的小草，自说自话地长成了一棵结实的小树。最好的学校最称职的老师都无济于事，李延安已经无可救药地失去了对读书的兴趣。李延安留了一年级，才勉强初中毕业，却无论如何考不上高中，就在一家工厂里做了几年车床操作工。李延安虽然很早就知道自己不是一块读书的材料，却一直憧憬着在读书人的环境里工作。出于对女儿的内疚，李延安的父亲做了一生中唯一一件利用职权的事——把李延安安排进了大学的图书馆工作。然而李延安父亲的特权只行使到了图书馆门外，门内的一切，却是看李延安自己的造化了。李延安进入图书馆之后，名义上是管理员，很长的时间里其实都在做一个小工的事——搬运存书，清理书架，打扫卫生。数年以后，馆里来了更年轻的新人，她才调到了编目室工作。

那天何淳安洗完澡，就去学校的食堂吃了顿晚饭，又回宿舍翻了几页哈代的小说。终是无心无绪，便决定去图书馆找一本英国湖畔诗人的诗集。在过道上，他被一辆装满了书的手推车撞上了。车轮上的铁片直直地割进了他的脚踝，当时他只觉出了酥麻——疼痛是后来的事。他身子一矮，布袋似的软在了地上，手紧紧地捂住了脚踝。推车的女人连忙停下车来扶他，他却不肯松手。过了一会儿，就有液体从他的指缝里慢慢渗出，将他的袜子染成一幅紫红色的图画。旁边围观的人开始惊叫起来。女人拨开了他的手，一把扯下他的袜子，在他的脚踝上扎了个死死的结，就架着他去了学校的医务室。女人身量不高，他得倾斜着身体才能靠在她的肩上，可是那天他感觉仿佛是靠在一堵矮而结实的砖墙上，他竟放心踏实地在上面放上了自己的重量。

一直到处理完了伤口，他才有机会看了女人一眼。这一看，就看出很多意外来了——他完全没有想到她竟是那样年青，年青得几乎还不能称之为女人，衣装发式眼神身架没有一处不在昭著地显示着未解风情的木然。他问她叫什么名字，以前怎么没在图书馆见过。她说她叫李延安，是新来的，才上了三天班。她回答他的问题时态度很老实，甚至有些怯场，几乎完全没有做任何延伸和说明，和她刚才处理事故的大胆老辣成了一个鲜明的对比。她的脸上有些脏——大约是搬书的缘故，汗水在灰尘中间流出一道道树影一样斑驳的印记，潮湿的鬓发在额角卷成一个个小小的圆圈。她和他以往见过的所有女人都不同。她使得那些女人显得苍白病态贫瘠做作。

突然间他对她就有了好感。

他问她怎么一点都不怕血，怎么有这么大的力气。这回她只笑了笑，却没有回答。

真正的答案是他渐渐熟知了她的童年之后才得到的。

李延安出生在延安。和当时的大部分延安子女一样，她一出生就被送到了当地老乡家里抚养。断了奶，就进了保育院。父母也许到保育院看过她，也许没有。六岁以前，除了知道父亲姓李，李延安对自己的双亲几乎毫无印象。

保育院常常迁移，李延安很快就适应了在马背上睡去在马背上醒来的生活。有一次她睡得太死，从马背上掉了下来，竟无人发觉。等到第二天她被晨露冻醒，才知道马队早已走远。她沿着若隐若现的马蹄和马粪痕迹，走了整整三天的路，终于追上了大队人马。那天保育院的阿姨去井边打水，看见井边躺了一条脏狗，随脚一踢，踢出声来，才知是人。提了油灯来照，照见是李延安。李延安走丢了一只鞋，那只光脚磨得脓血模糊，脚踝被石头扎破，伤口深得几乎看见了骨头。阿姨来清洗伤口，一根一根地挑脚板上的刺。挑出来的不像是刺，倒像是血针，叮当有声地落了一盘子。阿姨挑着挑着就红了眼圈，李延安却一直没哭，只是反反复复地对阿姨说下次睡着了你就掐我。

那年李延安大约是五岁半——和保育院大部分孩子一样，李延安并不知道自己确切的出生日期。

那之后没多久，李延安就和保育院的其他孩子一样，和他们各自的父母亲团聚了。孩子们对局势的变化是一知半解的，只知道要离开保育院进城了。进城的第二天，李延安被人领着走进一个灰砖大院，院里坐着一男一女两个大人和三个比她更小的孩子。领她进来的那个人拉着她的手，让她管那两个大人叫爸爸妈妈，又让那几个孩子叫她姐姐。她没叫，也没应。那天刮着大风，满天飞着脏雪似的柳絮，太阳仿佛是一只黄土捏就的大碗，蔫蔫地扣在尘土厚重的屋顶上。一个被战争离散了的家庭和四个互不相识的孩子在那个颜色和情绪都很灰暗的下午草草地会合在一起。当时谁也没有想到，磨合的过程却持续了后来的半生。

几年以后，李延安才从大院其他孩子口中得知，那个她称呼为妈妈的女人，其实并不是她的母亲。她的生母走出了雪山，走出了草地，却病死在进城的路上。后来和父亲一起走进城里的，是一个文工团的女兵。

不过这对李延安来说已经不重要了。

李延安的父亲和继母都是从马背上下来就直接走进了办

公楼的。城里有太多新奇的事情，他们要学的内容实在太丰富了，他们根本无暇顾及子女。照顾孩子们日常起居的，是一个五十多岁的保姆。在李延安看来，她不过是从一家保育院搬到了另一家保育院。她沿袭了保育院里大孩子照顾小孩子的作风，自然而然地担负起了照顾弟妹的任务。很快，那支只有三个士兵的部队在她的调教之下秩序井然。在这个新秩序里，大人只是若隐若现无关紧要的背景。李延安从来没有童年的感受。婴孩的第一声啼哭过去了，她仿佛就担负起了作为一个成人的职责，照顾着自己也照顾着别人。

这种感觉，如一根筋脉，始终贯穿在她和何淳安的关系中。

她和他认识以后，几乎没有任何交接转换过渡，她立即进入了她惯常的角色。她像一只硕健的母鸡，张开丰肥的翅膀，将他全然覆盖。虽然他比她年长六岁，她却成了他的长姊、他的母亲。她照顾着他的一切需要。他的世界顷刻就小了，小得只有一翼之地。在那一翼之地里，四季只剩了一季，那是恒常的春。在恒常的春里他可以接近于放肆地伸展他的四肢和灵魂，只是，不知不觉中，他对付其他季节的功能却渐渐萎缩退化了。

他们结婚第三年，那场后来成为中国现代史研究专题的风暴铺天盖地刮进了校园。何淳安在外文系里既不是当权派，也不是当权派的红人，个性本来逍遥，树敌也不多，又有老将军岳父这一层遮挡，便相对平安地度过了最初的那个阶段。

后来，系里的头面人物相继下马，成为死老虎。工宣队入驻，新班子逐渐成型。厮杀声安静下来时，众人突然发觉他们已经失去了新的斗争目标。用当今政坛上的时髦用语来解释当时的情形，就是外文系处在了一个缺乏政绩的真空阶段。于是，新班子成员的视线，就渐渐地转向了何淳安。

工宣队找何淳安谈了一次话。

那天晚上李延安回家比平常晚了一些。图书馆的风声也很紧，有人交代了李延安父亲把女儿安插进馆的事，于是李延安毫无准备地被踢到了前台。幸好李延安在馆里只是一名勤杂工人，不占干部的编制。在那个知识分子成堆的环境里，李延安的初中文凭和档案袋里不满一页纸的简单身世，使得批她的人几乎找不到合适的词。草草地训斥了几句之后，李延安就被打发回了。

李延安进了门，屋里一片漆黑。她以为丈夫还没回家，就开灯准备生火做饭。弯腰量米的时候，突然发现何淳安捧着头泥塑木雕般地坐在地板上，就吃了一大惊。问了，却不说话。再问，才说头疼。

李延安将丈夫扶到床上躺下了，就开始淘米洗菜炒菜。火一热，油锅的味道熏过来，喉咙口就涌上一团酸水。还来不及找个脸盆，就蹲在门槛上哇哇地吐了一地。中午没吃饭，吐出来的只是苦胆。那时李延安已经怀孕七个半月，妊娠反应却一直没有消失。何淳安在床上听见妻子吐得死去活来，只翻来覆去地叹气，说你挑了个什么时候来嘛，你。李延安知道丈夫在说腹中的这个孩子，便忍不住回了一句：这是我一个人挑的吗？那你说什么时候是个好时候？

两人不声不响地吃了一顿饭，饭和菜都只轻轻地挑了几挑，便都放回了碗橱里。李延安收拾碗筷的时候，听见丈夫在身后又幽幽地叹了一口气，说元元，就叫元元吧，就是一个的意思。李延安听了心里咯噔了一下，半晌，才笑着说：你可别给我定数，高兴了我还能生一打呢，我就喜欢家里人多热闹。却暗暗地长了个心眼，仔细地盯着何淳安的一举一动。

夜里李延安躺下了，却不敢睡。窗外秋虫咬得惊天动地，腹中孩子踢得甚是凶猛，仿佛要将肚子踢出一个洞来。怕吵着何淳安，李延安一直不敢翻身。身子在一个姿势上僵着，每一处关节每一块肉都酸痒难熬。到了后半夜，实在扛不住，才迷糊了过去。迷迷糊糊地做了个梦，梦见何淳安穿了一件雪白的纺绸对襟大褂，一路风吹杨柳似的走过来。她伸出手来抓他，抓来抓去都是空的。他仿佛变了烟变了气在她的指缝里溜过来溜过去。她一急，就醒了。一摸身边是空的，就咚地下了地，赤着脚跌跌撞撞地摸到了外屋。夜正浓，月悬在窗口，照得一屋水似的亮，青砖地上树影如鬼魅窸窣游走。她一把扯亮了灯，只见墙角站着个人，正慌慌地端了个水杯往嘴里送水。她狼似的扑上去，狠狠地捆过一掌。那人不备，手里的杯子咣啷一声掉了下来，白色的药丸滚了一地。

这一掌捆得过于凶猛，她身子一歪，就麻袋似的跌坐在地上。胳膊闪了，顿时肿成一个肉球，疼得满眼是泪。他过来扶，她捂着胳膊，却朝他猛踹了一脚。他一个趔趄，撞倒了脸盆架。脸盆翻落下来，一路嘤嗡地滚到墙边，才咣的一声停了下来。宿舍楼道的灯啪啪地亮了起来，有人开窗探看。他急急地捂了她的嘴，半架半搡地扶着她回到了床上。

躺是躺下了，睡意却早没了。蒙着被子，她咬牙切齿地对他说："我爸爸一趟雪山草地走过来，丢了一条腿、一个老婆、两个儿子，如今是个什么下场？他没说委屈，你倒委屈起来了？你过过一天苦日子吗，你？"

这一骂，倒把何淳安给骂醒了。仔细想想，竟无一句可回嘴的。渐渐地，心里有了些愧意，就嘿嘿地笑，说老婆你

是一盏灯，你往我心里一照，就再也没有黑角落了。李延安
呸了一声，说再亮的灯，照了路易十几，也是白照。何淳安
没听懂，问什么路易十几的。李延安狠狠地掐了他一把，说
就是那个我死了拉倒，洪水滔天也行的，跟你一个德行。何
淳安这才明白过来自己平常备课的材料，李延安原来也看的。
两人相拥着，不再说话，看着窗外那一轮月亮渐渐地坠落下
去，天边隐隐地有了潮红，恍恍然，仿佛已若隔世。

　　从那以后，何淳安的脸皮就慢慢地厚了起来，由着世界
轰轰烈烈地上演着诸般的曲目，有人上台，有人下台，自己
却始终只做一个不动声色的观众。先是隔离审查了一阵，后
来下放劳动了一阵，再后来又随着大流调回了外文系。心情
虽有涨落的时候，却再也不曾生过寻死的心了。

　　可是李延安这盏灯，是什么时候熄灭的呢？

　　其实李延安的灯，并不是瞬间熄灭的。从明亮到陨灭，
中间经历了一个暗淡的过程。暗淡的过程是渐进的，身在其
中的人并没有觉察，所有的迹象都是事后才醒悟的。

　　"文革"过后，何淳安是学校里第一批提升为教授，第
一批批准带研究生，也是第一批选派国外短期进修的老师。
何淳安的生命，经过了一个长长的冬眠期，在中年的时候突
然复苏。这一苏醒，就醒出了许多意外的景致。李延安发现

何淳安渐渐地不再需要她的照明了，因为他已经成了他自己的灯。他岂止是他自己的灯，他甚至也成了她的灯。他又岂止是她一个人的灯，他的灯还照着许许多多的别人，包括他的同事和他的学生。她多年为他战战兢兢地操持着的心，就渐渐地放松了下来。当然，她当时并不知道，最适合她的一种生存状态，其实就是紧张。在紧张的时刻她是一张满弓，捏在手里是暗暗一把的力气，送出箭来铮然有声，直奔靶心。松弛下来，她就如泼洒在地上的一摊水，随意地顺着地面的缝隙游走。虽然依旧走着，却不再是有目的有劲道地奔走，不过是走到哪里是哪里的认命和无奈了。

在所有的神经都松弛下来的时候，却只有一根神经，突然地绷紧了。李延安的眼睛和耳朵，对一些景物一些声音，异常地敏感了起来。何淳安的学生越来越多，何淳安在系里的职责也越来越重。李延安的目光如雷达漠然地扫过丈夫繁忙的生活天地，大部分的内容都被过滤为无关紧要的背景，荧光屏上剩下的只是几个细点。可是那几个细点却如沙砾，在李延安的眼中磨来磨去，磨得她寝食难安。

那些沙子就是何淳安的女学生、女同事。

李延安监听何淳安的电话，闯进何淳安的办公室偷看何淳安的信件，四下打听何淳安在系里的一举一动。渐渐地，

外文系的女同事见了何淳安，轻易不敢说笑了。何淳安为了
撇清自己，也不敢和女学生单独相处了，更不敢邀请女同事、
女同学到家里来坐。上帝跟何淳安开了个不大不小的玩笑：
上帝打开了何淳安的眼界，让他看到了大千世界的诸般可能
性。可是在那个无限广袤的天地里，他可以拥有的，反而是
一扇比从前更加狭窄了的窗口。

李延安的视线，已经被沙砾蒙蔽。李延安的灯，也渐渐
地昏暗起来，她走失在多年走惯了的路上。开始时，何淳安
不停地帮助妻子刷洗着那些沙砾。到后来，何淳安发现他刷
洗得越努力，沙砾堆积得越快。

他只好选择了沉默。

李延安终于走进了万劫不复的阴暗之中。没有人可以暖
她过来，没有人可以照亮她的路。即使是儿女，即使是丈夫，
也只能看着她孤独地，一步一步地渐行渐远。

何田田回到多伦多之后，关于保姆赵春枝在父亲身边的
表现，她零零星星地听到了一些不同版本的报告。

第一个报告来自父亲的学生颜华。

李延安的自杀事件像一块石头，在外文系这潭深不见底
的水里砸了一个大洞。洞很快平复了，涟漪却持续了很久。

142

流言如树梢的风，看不见，摸不着，却顺着门缝墙缝窗棂格缝溜进来，悄无痕迹地爬到饭桌床头。又带着积攒的灰尘，越滚越大地爬入邻家。何淳安的女学生们，多多少少都知道自己是那些沸沸扬扬的花边新闻中的一段花边。而颜华，更知道自己是师母口中的那个"眼花儿"，是所有花边传闻中镶在最明处的那段花边。也明白我虽未杀伯仁，伯仁却因我而死的道理，所以很是敛声收气了一阵子。过了些时日，待流言略微安静了些，颜华难免想起从前导师对自己的种种关照，便忍不住去了何教授家里探望。

　　颜华去的那天是个星期六，早上十点左右。她挑了这个时候，是因为何教授应该锻炼完了身体，正是读书看报的时候。颜华抱了一束白色的菊花走过层层楼梯，每一层过道上都有好奇的眼睛。当她最终敲响何淳安教授的门时，她的背已经被重重叠叠的目光压出了汗。

　　来开门的是赵春枝。

　　那天赵春枝穿了一件桃红色的毛衣、浅米色的西裤，脖子上系了一条白色的丝巾。虽都是旧衣物，却洗熨得极是干净平整，看上去不像是保姆，倒像是在别人家里做客的女眷。颜华微微吃了一惊，就问何教授在吗？赵春枝点点头，引着颜华进了屋。颜华走过客厅，一眼就看见何淳安卷着衣袖，正坐在一张小板凳上洗衣服。板凳很矮，何淳安的个子高，坐下去，就把凳子盖没了，仿佛坐到了地上。何淳安在笨拙地搓着一件衬衫，搓衣板在他的膝盖之间滑来滑去，脑勺上有一绺没有梳理平伏的头发，顺着身体的走势来回耸动着。颜华的一句"何教授"在舌尖滚了好几个来回，吐出来时已是支离破碎了。何淳安抬起头来，意外地看见了来客，眼神渐渐地混浊了起来——自李延安出事以后，颜华是第一个也是唯一一个来探望自己的女学生。

何淳安擦干手，来到了客厅坐下。颜华问春枝要了一个大水杯，将菊花插上。花是满满一捧的雪白，只有花蕊是一抹一抹若有若无的浅绿，沾了水，立刻得了些生气，衬得一屋洁净生辉。颜华把花放在那张镶着黑框的照片下面，两人久久无语。半晌，何淳安才叹了一口气，说："其实，你师母脑子清醒的时候，也常夸你。"颜华的眼泪汹涌地流了下来，是委屈，是伤感，也是无奈。为自己，为导师，也为师母。那一念之差中走出去的一步，竟是那样一条永远无法填补的鸿沟。沟这边和沟那边，遥遥相望，已是隔世。

何淳安看着颜华哭，却不知怎么劝，搓了搓手，就进去厨房泡茶。颜华听见厨房里杯盏叮当地响了一阵子，又听见春枝咕咕地笑："何老师，那么大一个壶，饮驴哪？一个客人，用那个红花小壶就够了。"何淳安也笑，说骂我是驴也罢了，可不许骂我的客人。又问用哪种茶叶。春枝说二层柜子左手边那个铁罐里是茉莉花茶，招待女客正好。何淳安就搬了张凳子爬上去，开了柜子取茶叶罐。颜华听着，只觉得这个保姆嘴有些厉害，手有些懒，听上去不像个下人，倒更像个主子。过了十来分钟，只见何淳安一人颤颤地捧了一壶茶出来——春枝并没有跟出来。何淳安把滚烫的茶壶放下了，颜华赶紧起身自己将茶斟了，先给老师，再给自己。

两人喝着茶，闲闲地说了些学校里系里的事，颜华就忍不住问何教授：你怎么自己洗衣服呢？何淳安说不是自己洗，是先将领子、袖口的脏处搓一搓，再放洗衣机里洗的。颜华原本问的不是这个意思，就朝厨房撇了撇嘴，放低了声音：怎么不让她洗？何淳安笑笑，说春枝在教我做家务呢，我教她学英文，两下相抵，谁也不亏。

从何家出来，颜华一路愤愤然。心想现在的世界，岂是何教授这样厚道之人应付得了的？这个保姆，本事了得，拿了钱不干活，还白学英文。两下相抵，竟有这样的抵法。恐怕何教授哪天被这个女人骗了，还得帮她数钱呢。

回到家，颜华就给远在多伦多的田田发了一封电子邮件，说了她的担忧。

其实田田平时打电话回家，也是时时问起春枝的情况的。父亲只说人不错，有灵气。如此看来，父亲是不愿意自己担心，而将实情隐瞒了。田田看了颜华的信，立刻就给父亲打了电话。连着打了几次，都是春枝接的——父亲出门去了。春枝一口一个大姐地叫着，声气很是亲热。有了颜华的报告在先，田田就觉得那话语里藏了几分虚假和盘算。于是冷冷地交代了几句好好照顾老人之类的话，就挂了。

又给在广州的哥哥打电话。元元一听也急了，就立刻请了假，飞去了北京。

元元在家住了三天。元元给田田的反馈，和颜华的有相同之处，也有不同之处。元元说父亲现在变了，变得对家务有了兴趣。那个春枝倒也不是完全不做家务的，只要是老头子自己能做的事，春枝就放手让老头子做。老头子做不了的事，春枝做是做了，却是要老头子在旁边看着学的。田田听了忍不住冷笑，说没想到这个女人真不简单呢，竟把老头子给驯化了——从前你见他洗过一双筷子吗？元元就劝，说只要爸高兴，就由他去吧。你没看见老头子教她学英文那个起劲呢，撺弄着她考什么英文几级几级的。原先你不就担心爸和保姆合不来吗？他俩合得来，省你多少心呢。

田田想想也是，就把这事放下了。夜里睡不着，就捅醒了秦阳，问："人老了怎么就这么贱呢？从前连牙膏都得让人挤妥，现在倒好。"秦阳知道田田还在想老爷子的事，就笑，说贱不贱跟老不老有什么相干呢？人要贱，什么时候都能贱。那是你妈没抓住你爸的心，怨不得别人。田田呸了一口，说你几年没刷牙了，开口怎么这么臭呀？这话说得，好像我爸和小保姆怎么着似的。秦阳依旧嬉皮笑脸的，说要没怎么着，人能这么贱吗？我这可是亲身体会呀。田田伸出手来就掏秦阳的肋，秦阳怕痒，身子早笑得缩成一个球，蜷在床尾，怎么也掰不开，只有嘴巴却还是硬。

"你爸你妈结婚的时候很该先问过我的，名字没起好呢，一人一个安，两安相克，就不安了。这个小保姆，春什么来着？你爸名字里有一汪水，水遇着春，是个什么景象，你想去吧。他能不贱吗？"

田田恼羞成怒，抓起椅子上的衬衫，追着秦阳满屋打。秦阳躲不过，只好逃进了厕所。锁上了门，依旧笑得抖抖的。

"咱俩的名字才是地造天合呢，你是田，我是阳，田得着太阳，就是万物生长。"

田田怔了一怔，半晌，才隔着门，冷冷一笑。

"可惜我的田不是你要的那个田。你打个电话给你的中学语文老师，问问他何田田的'田'是田的意思吗？"

何淳安那边安然无事地过了三四个月。到了旧历年底，田田突然收到了颜华寄来的一张电子贺年卡。贺年卡只是一个包装，信的真正内容却和贺年没有太大的关联。

颜华是来报急的。

何教授和保姆吵了一大架，把熬汤的砂锅都砸碎了，保姆拿了行李就回老家去了。何教授气得牙床暴肿，连稀饭都喝不下去，已经在床上躺了两天了。眼看要过春节了，元元带着公司的一拨人马在德国培训，家里一样年货都没有置办。这是师母去世后的第一个春节，何教授实在是有些可怜。

田田看了信，头轰地一炸，就炸了一地的碎片，思绪乱得无法捡拾。秦阳见她失魂落魄的样子，就劝她回去一趟。田田听了就急眼，说你以为我是百万富翁呢，飞一趟中国就跟下一趟楼似的。秦阳笑了笑，说："谁让他是你爹呢。"田田连连摇头，说不回去不回去，大不了再托人找个保姆嘛。这个价码，雇个人工智能机器人都够了。赵春枝以为她是谁？乡下人在城里，磨去一千层皮，骨里肉里还是老乡。秦阳又笑，说你连人家为什么吵嘴都没问清楚，就先骂了个狗血喷头的——说不定还是你爹没道理呢。田田呸了一口，说老板永远有理，这是千古不变的道理。说完就扯过一条被单蒙了头，直挺挺地往沙发上一躺。床单底下先是翻来覆去地贴着饼子，过了一会儿，身子才渐渐地平软了下去。

秦阳以为田田睡着了，就自己进了屋。过了一会儿，只觉得脖子上痒痒的，伸手一抹，原来是田田近近地站在身后。田田说要不我还是回去一趟吧，年底了，也不知有没有机票。秦阳扬了扬手里的纸条："大小姐，都给你打听过了，只有大韩航空公司还有一个座位，明天晚上的。要在西海岸停，还要在汉城停。等你转来转去到了家，就是小年夜了。明天一上班，就找老板请假，耸人听闻一点，就说你爸中风、瘫痪、病危。"

田田不说话，却将两手环过去，从背后搂住了秦阳。

田田的飞机出了点小小的故障，在汉城停留了一天。到达北京的时候，已经是第三天的夜晚了。走出机场，街上很是冷清。过了十几分钟，才来了一辆出租车，车上下来一个穿着军大衣的司机，慢吞吞地帮着田田把行李搬进后备厢。车剪破一街空旷，驶进清冷的夜风里。司机丝毫没有搭话的意思，一路沉默地抽着烟。烟很呛，田田低低地咳嗽起来，却隐忍了，只专心致志地读着公路两边的广告牌。虽然只隔了几个月的时间，广告牌显而易见已经换过了一茬，上面的内容对田田来说已经有了几分生疏。虽然看懂了每一个字，却没有完全看懂那些字和字中间的联结挑逗和暗示。在熟悉的街景里，田田突然感到了一丝外乡客似的陌生。

突然间，嗖的一声，天上蹿起了一束烟花。烟花是淡紫色的，先是极高极孤独的一根，然后渐渐地蓬松肥胖起来，如一把撑开在夜幕里的伞。然后又如细雨丝似的缓缓落下，带着咝咝的声响销陨在地上。司机沉沉地骂了一句"找死呀，不让放的"。田田仰着脖子等待着第二束、第三束。可是它们却始终没有到来。夜空虽然还是黑暗，却因有过了短暂的浮华痕迹，这黑暗便也与先前的黑暗有了些不同。已经五六年不曾在家过年了，田田暗自感叹难道这就是北京的除夕了吗？

出租车在家门口停下，田田付了钱，司机打开后盖取了行李，却没有走的意思，只将两只手笼在袖子里，目光炯炯地看着她。田田突然明白了过来，就打开皮包掏出一张票子，塞进司机的袖笼里。司机伸出两根手指，将票子夹出来，对着路灯看了一眼，认出了那上面的绿颜色，就嘿嘿一笑收了起来，说这年头美元也疲软了，比不得从前了，大姐你新年慢慢地吉祥吧。方慢吞吞地开走了。

田田拖着箱子一层一层地上了楼，每一层楼道里都流淌着从门缝里溢出的喧闹，一式一样的鼓点，一式一样的旋律，一式一样的经过无数次操练的字正腔圆。田田一下子听出了那是春节联欢会的节目。到了自己家门口，却是静静的，并无电视的声响。放下箱子，将一口气喘匀了，才去揿门铃。刚揿了一下，门就开了，父亲仿佛是靠在门上等候着她似的。

父亲从门里软软地走出来，穿了一件银灰色的中式对襟丝绵袄，前襟印着星星点点的菜汁油迹。衣是新的，很是厚实，腋下和胳膊拐弯处绽出条条肥粗的皱纹。在这样厚重的冬衣里，父亲依然看上去很冷，人中上流着一条半干未干的鼻涕，身子抖抖的仿佛憋了一泡找不着去处的急尿。脸肿了半边，鼻孔四周有一串燎疱，嘴唇颤颤的，半天才扯出一句"小田你……你回来了"。田田没想到一向整洁利索的父亲一下子就这样落泊了，心里一酸，嗓子就暗哑了。

屋里四下清冷，只有电视机上那两张印了些洋文的贺年卡，才是这一片灰暗里的唯一颜色——那还是自己和元元分别从加拿大和德国邮寄过来的。田田喀喀地清了清嗓子，说爸我带你出去吃饭吧，我也饿了。父亲摇了摇头，说你可真是洋鬼子了，怎么不知道这是大年夜，除了宾馆大饭店，谁都关门了。田田说那我们就去宾馆吃饭，豁出去大出血一次。父亲说宾馆早一个月就订完位置了，轮不着你我这样的百姓。就去开了冰箱，端出一个大海碗来，说昨天就煨了排骨汤等你的，你没来。咱们不如吃排骨面，再加一点白菜，热腾腾的，也是好吃的。

父亲就开火，放水，下面，热汤。依旧有些笨拙，却已经不是从前的那种不知所措了。田田便知道这几个月里，父亲已经经过了许多的事。忍不住冷冷一笑，说这个赵春枝，倒是把你给培训出来了。花钱雇的是保姆，没想到来的却是一个教练。

父亲的筷子一滑，一根面条落进了炉圈，哧的一声，燃起细细一股青焰，屋里就有了一丝经久不散的焦味。"她有她的想法，她说她到咱家是救急不救穷——她教我学会自己生活，总不能靠人过一辈子。"

"她若真是这么想的，怎么会说走就走？这份工资，你让她来雇我吧，连我都想当保姆了呢。"

父亲叹了一口气，说她没想走，是我把她赶走的。

"她女儿今年初中毕业。当地的学校质量差，她想把女儿转到北京上高中。她提出和女儿一起搬到家里来住。"

"当然不能答应。你答应了她女儿，下次说不定又来个男朋友了——你又不开旅馆客栈。她是算计好了你这个有房有钱的老头呢。"田田愤愤地说。

父亲微微一笑，半晌才说："我的女儿，当然是和我一样刻薄的——那天我就是这么骂她的。后来元元从德国打电话过来，也是这么骂她的。"

两人无言，在别家的热闹声中默默地吃着晚饭。面很烫，热气氤氲，额角上都有了些汗。田田看见父亲渐渐地嘴大眼小起来，便知道早已过了他平素上床的时间了。就说爸你放心，等过完了节，我们马上去登广告，也可以直接去保姆市场，就不信找不到一个比她好的。

父亲洗了把脸，就上了床。田田收拾了碗筷，在沙发上坐了下来。多伦多和北京是整整十二个小时的时差，这边是子夜，那边却是正午。田田虽然在旅途中丢失整整一夜的睡眠，精神却极是清醒。刚想打开电视，突然听见街上有人在扔酒瓶子，玻璃的碎裂声夹杂着狂呼声和字句不明的歌声一浪一浪地扑打着窗户，才明白自己已经错过了那个敲钟的时辰。

这时候电话铃尖锐地响了起来，几乎吓了田田一跳。拿起话筒来，那头就断了。三番五次之后，才接通了，线路却极是嘈杂。一个男声断断续续地传过来，带着隔洋的迟缓和模糊。半天田田才听清那头问的是新年礼物试过了吗？田田说什么礼物？那头说打开你的手提包。田田拿过提包，里里外外地找过了，都没有。那头又说是左侧的那个暗兜，你从来不用的。田田摸过去，果真摸到了一个小小的金丝绒盒子。打开来，里头是一枚戒指。细细的银圈，正中镶了一块宝蓝色的石头。银是暗暗淡淡的那种银，蓝也是暗暗淡淡的那种蓝，乍看甚是灰旧，仿佛已在岁月里走过了几遭。再看几眼，便慢慢显出些古朴含蓄的意思来，与市场上那些闪烁之物就有了区分。田田很是喜欢，拿出来套在指头上，左看右看，手也仿佛有了历史，顿时丰润厚重起来。

戴在哪只手上？

左手。

哪个指头？

田田的嘴巴张了一张，突然醒悟了过来，就把那尚未出口的回答吞咽了回去。电话那头是一阵长长的沉默。然后，一声叹息如轻风拂过，田田的耳垂微微地热了一热。

"田田，我知道我在一厢情愿呢。挑吧，挑吧，你再慢慢地挑吧，说不定就挑着个比我好的。"

田田想了一万句撇清辩白的话，那些话还没浮到舌尖，她就觉出了它们的虚假。到末了，纵有了那一万句话垫着底，她竟然找不出一句可回的话，只哑哑地说了句秦阳你好好过年吧，就挂了。

放下电话，心里空落落的，旅途的疲倦渐渐地从脚底浮上来，浮上了眼皮。却又不想上床，就在沙发上坐了，撩起一角窗帘，靠在窗台上看夜景。夜到这一刻，才真正地有些像夜了。月色照得满街的树枝臃肿肥胖，仿佛挂满了霜雪。风刮过，地上的废纸和塑料袋如折了翼的鸟雀，低矮地蹒跚行走。守夜的人都困了，窗口的灯一盏一盏地灭去，满街都是狂欢过后的清冷。这个一年里的夜中夜，她还没来得及守，就糊里糊涂地过去了。

这一年里，她遭遇了多少事呢？母亲的死，自己的病，父亲的麻烦。每一样事情来了，她都得拿出肩膀来扛。其实，她也不都是自己扛的，秦阳替她扛了一半。她使唤起秦阳的肩膀来，如同是自己的肩膀那样地随意。在这个晚上之前，她从来没有想过，他只不过是暂时借了他的肩膀给她而已，有朝一日他会抽走他的肩膀，给另一个愿意戴他戒指的女人使用。

这个想法让田田吃了一惊。她发觉自己其实真是有些在乎秦阳的。只是不知道这样一点的在乎，值不值得她放上一生一世的价码——她明白她不可能无限期地免费使用他的肩膀。失却他的肩膀是一种沉重，拥有他的肩膀是另外一种沉重。两样的沉重，不知道她能扛得动哪一样？

正胡思乱想着，就听见身后有人咕地笑了一声。田田以为是父亲，回头一看，父亲屋的门紧关着，黑着灯。心里一惊，突然有些毛骨悚然起来，就默默地叫了一声妈——你的难处，我们原本是不知晓的。若知晓了，怎么会让你这样走了呢？既走了，你就安心吧，总有一天，我们都会在你那儿聚会的，不过是个迟早的事。

田田的话还没说完，屋里又是咕的一声。这会儿的笑声，似乎就在耳边。田田感到了另一个身子贴近过来的温软分量，鼻子里传来一丝极清极淡若有若无的紫丁香味——紫丁香是母亲一生中唯一喜欢的一样花。田田的身体仿佛被切成了两半。一半想伸出手来抓住那一缕温软，死死地坠上自己的重量。另一半却想关闭所有的触觉神经，来死命抵挡那份温软的侵袭。田田成了拔河比赛中的那个绳结，被旗鼓相当势均力敌的两股势力拉过来，扯过去，浑身如遭了魔法似的完全动弹不得。一时大汗淋漓，就使劲睁大了眼睛，定定地看住了墙上圈在黑框中的母亲。母亲被半明不暗的灯光磨蚀得失去了棱角，岁月的痕迹藏在阴影之下，容颜竟有了几分安然柔恬。田田的焦虑在母亲清明的眸子里走过了一遭，如灼热的烙铁落入凉水之中，渐渐就沉静了下去。

这时母亲的嘴唇微微一颤，说了一句话。这句话如一缕烟云从母亲的唇上轻轻抖落，还没来得及成型，就已消散。

母亲说的是"你去"。母亲这句没有终结的话如同一个可以通往许多条道路的岔口，蕴含了几乎无穷无尽的可能性。后来尘埃落定，当其中的一种可能性渐渐明朗清晰向现实贴近时，田田才明白了这句话的指向。然而在当时，田田只是一遍又一遍地向母亲追讨着答案，一直到自己惊醒，方知道是南柯一梦。

睁开眼睛，父亲披衣站在沙发跟前，问小田你怎么了？哼成这个样子，吓我一跳。田田掏出纸巾，擦了擦额角的冷汗，半晌，才喃喃地说，没什么，做了个怪梦。父亲也没问是什么梦，却在田田身边坐下了，一杯茶在两只手里换过来换过去，却没有走的意思。后来，才迟迟疑疑地说：

"要不小田你过完年去一趟浙南找春枝？那天是我太急了，把话说绝了。"

"不绝怎么办？你答应她们搬过来住？"

"其实，她也是讲道理的人。她说搬过来就好省下在外边租房的钱，再减一半的工资，两项加起来，也算是抵女儿在这里的费用。"

田田一路听，一路冷笑，终于忍无可忍："老爸，你究竟是老实还是愚蠢？你就没看出她在利用你？"

父亲没有生气，却只是低着头，一下一下地扯着绒衣上的线头："小田，我想过了，若有人利用我，总好过我完全无用。我这样的老朽，除了她，还能对多少人有用呢？你们到了我这岁数，就有体会了。"

父亲的语气很是平静，是过滤了情绪之后的木然。田田愣了一愣，才按捺下性子，细声细气地说："过了年，我们再去找一个，背景简单一些，没这么多幺蛾子的。你放心，找不到我就不走。"

父亲的回答也是耐着性子，细声细气的。

"我习惯了春枝，不想找别人了。"

田田转了好几个来回，才找到了春枝的家。

其实田田很早就看见了那幢房子，只是没有想到春枝的家会是这个样子的。

那幢房子说起来，也是江南城乡交接的那些地方常见的模式。方方正正的二层楼房，外墙严严实实地贴了一层马赛克。马赛克是灰色的，那不过是风霜积尘的痕迹。只需一场大雨冲洗，底下就应该是雪白的。这幢楼房和周遭楼房的区别，就在一个大字。敦敦实实的一大块，便先有了一些不容置疑的气势。楼一大，门脸也就大了，不是寻常的一扇铁门，却是大大两开的厚木门。木是层层漆水之后的黑里透红，正中有两个沉重的铜环。那门的颜色质地样式，不由得就叫人觉得这门后应该是藏着故事的。门楣上钉了一个十字架，门上贴着两张艳红的春联，流露着墨汁未干的新喜。上联是"上帝爱人，甚至将他的独生子赐给他们"。下联是"叫一切信他的，不至灭亡，反得永生"。这上下联字数不一，既不对仗，也不押韵，不像是寻常农家的那种喜庆春联，倒像是从《圣经》上摘下来的。田田便惊异，春枝何时也信了洋教。门大，窗也多。窗是楼的眼睛，本来深邃幽暗，却因贴了许多的窗花，便有了盈盈一丝的笑意。田田走近来，便看见了窗花的功底。都是红纸剪的，也都是鱼，却是各样的姿势。有的恬静，有的喧淘，有的憨厚，有的狡诈。虚是神态，实是细节，栩栩如生，无一雷同——无非是鲤鱼跳龙门年年有余的意思。这幢楼房说新不算新，说旧也不算旧，却把城市的乡村的中式的西洋的各样风格都取了一些，匆匆地糅在了一处。糅得虽有几分生硬，那生硬之处反透出些活活泼泼的生气，俗到了极致，就俗出些别开生面的和谐来。田田暗想拥有这样一处楼房的女人，家境应该算是殷实的，何至于要千里北上给人做保姆呢？

就去敲门。

门没锁，轻轻一推就开了。门厅里坐着一个老太太，正戴着老花镜织毛活。老太太剪了一头短发，齐崭崭油亮亮地带着梳齿的痕迹。上身穿一件雪青色的呢子短大衣，下身穿一件黑布裤子。袖口和裤管里肥肥地露出些毛衣毛裤的卷边——田田猜想大概是春枝的妈。老太太手里的毛活大致成型了，似乎是一件男裤。腰已经完工，老太太正在织大腿分岔处的那个洞。见人来，抬起头，眼镜滑落到鼻尖，手里的线团就滚到了地上。

"何……何老师，出……出事了？"

田田一惊，说你怎么知道我是从何老师那里来的？老太太见田田并无报急的意思，才渐渐松了一口气，捡了地上的线团，掸着上头的灰土，说春枝给我看过你们全家的照片。你们首都的照相技术还不如我们小地方——人可比相片好看呢。就招呼田田坐了，慌慌地进了厨房烧水煮茶。再出来，手里就多了个沉甸甸的木托盘，上面摆了七八个瓷盏，装了金橘橄榄香榧子核桃肉番薯片等等，虽都是年节的零嘴，却又比北方的零嘴略微精致些。

老太太挑了一个小巧玲珑的金橘递给田田，问："你爸也是我们这个地方的人？"田田说："我爷爷是矾山人——矾山离藻溪极近，口音也是通的。后来下了南洋，四十岁不到就死在了那边。我爸爸也是在矾山出生的，六七岁就被叔叔带到厦门读书,后来又到了北京,五六十年没回过乡了。"老太太就说这回怎么不带你爸来,也好认认乡呢。田田笑笑,却问春枝哪儿去了。老太太说:"带孩子给班主任老师拜年去了——年年都是初三去的。这孩子,爹娘都不在身边,老师管着,也算是半个父母,很该谢谢的。"田田顿了一顿,才问孩子他爸怎么不管。老太太不答,盯了田田一眼,问你找春枝有事?田田慢吞吞地从口袋里掏出一封信,说春枝考英文六级的准考证,寄到我们家来了。我爸劝春枝回去参加考试,补习了这几个月,不考就白废了。

老太太接过信,低了头,喃喃自语起来。田田依稀听见了一句"谢救主恩",就笑,问春枝也信吗,你这个教?老太太叹了一口气,说她若信了,何至于这个命?好强呀,心里一颗沙子都容不下,怎么能尊主为大?

就絮絮叨叨地说起了春枝的事。

春枝生在乱世。春枝三个月大的时候,春枝的父亲挑了一担藻溪名产细米粉丝去温州城里叫卖,正逢工总司联总司两大派在打巷战,吃了一颗流弹,当场死在了街上。春枝是靠着寡母绣花和编篾席的手艺半饥半饱地长大的。春枝长到十七八岁,一层黑皮猝然蜕去,一夜之间就长成了一个细致的女子。春枝不仅人长得耐看,春枝还绣得一手好花。春枝绣的不是母亲的那些牡丹凤凰，却是藻溪人没有见过的新奇花样。春枝时常去逛镇上的新华书店，不是为了买书，却是为了看书店里新到的西洋印刷画。德意志乡村风情，英格兰教堂街景，法兰西古典肖像，等等。春枝一个月的饭钱，都省了去买画。买回来，并不贴在墙上，却拿来做了绣花的蓝本。春枝绣的外国画，藻溪人见了掩了嘴惊叹。就有人花钱买了去，做洞房新居的摆设。再后来，就有人买了用作年节送人的大礼。春枝就是靠这个手艺，才维持自己念完了高中。

春枝岂止是花绣得好，春枝书也读得轻省。从小学到初中到高中，在这么一个师资贫瘠的乡镇里，春枝的成绩也算是鸡群里的那个头了。藻溪乡地处江南，和风细雨的环境里，好看的年青女子也是常有的。可是脸长得好手也生得巧的，就不多见了。脸长得好，手生得巧，书又读得好的女子，恐怕就是春枝一个了。所以春枝年轻的时候，在乡里是很有点名气的。春枝的家底，原是极薄的，没有人指望这样瘠薄的泥土里，竟能长出这样一朵好花来，于是母亲的腰杆，也就直了些起来。

春枝还在读高中，提亲的人就开始在赵家频繁走动了。春枝正眼也不看一下那些留在饭桌上的照片，只对母亲说要复习考大学。当然真正的原因，母亲是后来才知道的。

春枝的高考成绩本来也勉强够上省城大学的，却为了生活费和就近分配，选择了平阳师范。平阳师范是三年制的学校，春枝念了一年半，就退学回了家。春枝退学，不是因为功课跟不上，而是为了一个男人。

一个叫廖建平的男人。

廖建平是春枝的中学同学，比春枝高一个年级。高中毕业没有考上大学，就应征入伍当了兵。廖建平脑子活泛，手也灵巧，到了部队没多久，就凭着几样小发明，获得全军范围的嘉奖，入了党，提了干。正当仕途一片光明的时候，家里却出了大事——母亲因脑溢血突然半身不遂了。建平家里有一个常年多病的父亲和两个年幼的弟弟，母亲本是家中主事的那个角色，宛如桐油伞中间的那把伞骨。母亲在，伞就撑得起来。母亲一倒，伞就成了一片无用的软纸。建平在军中焦急万分，就写了一封信给春枝。

春枝和建平念高中时都是学生会的干部，两人一起负责学校的广播站。下了课，两人就钻进小小的一间广播室编通讯稿。你开一截头，我续一个尾。你念上一段，我念下一段。春枝的嗓子有些沙哑，像是清晨被露水打蔫了的草叶。建平的嗓子变着音，有些生硬，犹如被大风扯得猎猎生响的一面旗子。两人的声音分开来听其实都有欠缺，合在一起，便将那欠缺的地方补平了，沙哑里渐渐有了娇柔，生硬里也生出了刚阳，叫那念的和听的，都觉出了些韵味。

虽然日日相处，耳鬓厮磨，两人真正私定终身，却是在建平入伍之后的鸿雁传书中完成的。学校的同学，早就将这一档子事，传得沸沸扬扬，唯一蒙在鼓里的，反只有春枝的母亲。

那日春枝接到了建平的信，没和任何人商量一声，就从平阳师范退了学，回到了藻溪，一日三餐地照顾建平的母亲。又把家里的两间旧房腾出一间来，做了个裁缝铺，靠替人裁剪刺绣，支撑着两边家里的费用。春枝的母亲原是一百个不乐意的，母女俩为这件事也不知吵过了多少个回合，后来看见建平往家里寄来的一张张奖状，猜想这人大概算是有几分出息的，也就默许了。

建平在部队里待了几年，提了几级干，提到一个坎儿上，就上不去了。年限一到，提不上去的，就要转业。建平就转业来到了温州城里，在一家国有企业做了一名行政干部。回乡和春枝结了婚，第二年便有了女儿晓藻。一个小家庭，分在两处住。建平住温州城里，周末年假回藻溪。春枝常年住在藻溪，照顾娘家婆家女儿三头。建平在温州城里坐了几年办公室，看着周遭的人变戏法似的发着财，不甘心满世界的精彩就这样五色生辉地绕着自己溜走了，便辞职回到藻溪，办了个小工厂，专做教学用品——大部分都是他自己的创造发明。

刚开始时，不过一间瓦房，三五个兵丁。说是乡镇企业，其实就是一个家庭作坊。建平管产品研制经销，春枝管账，建平的两个弟弟再加上一个弟媳妇，便是企业的全体员工。建平在部队里就广结人缘，全国各地都有战友帮忙建立代销点。研制出来的产品新巧，价格合理，销路很快疏通起来。春枝还没来得及学完速成会计课程，建平公司的账户，就已经大到春枝无法处理的地步了。于是建平专门雇了一个财会班子，打发春枝回家，一心一意地做起了少奶奶。厂房几经扩建之后，公司的总部定在了上海。建平就在上海藻溪两地，过起了飞来飞去的繁忙生活。

建平是个见过世面的人，所以建平和寻常人眼中的乡镇企业家很有些不同。首先，建平不像那些人那样满身花花肠子。建平平日不爱喝酒应酬，也极少去歌厅酒吧桑那吧之类的地方。得了空闲，就带着女儿晓藻坐在藻溪边上钓鱼。是姜太公的钓法，有一搭无一搭的。即使钓着了，也扔回溪里放生去。

　　建平的与众不同，还在于对老婆的好。建平一年在外边的时候多，怕春枝在家闷，便购买了各样的电影电视剧光盘，一包一包地寄回家给春枝看。建平寄的不是街头小摊上随便一挑，看两下就卡壳，字幕模糊颜色含混的冒牌货。建平挑的片子都是经过秘书小姐推荐的，而且是那种贴了防伪商标的正版片。春枝的四季衣装，也都是建平从广州深圳香港等地亲自选购的。若看上了款式，就能买上一打不同颜色的，让春枝可着心情挑着穿。春枝穿了这样新潮的衣服走在藻溪的路上，总觉得胸前背后到处是眼，便脱了，依旧挂在衣柜里，只等建平回家时，才穿了给建平看。建平在家的日子，除了探访两头的老人，极少出门，一直待在家里陪春枝。有人甚至亲眼看见了建平坐在板凳上给春枝洗脚，春枝双脚在建平怀里乱踹，蹬得一地是水的情景。

　　建平给两边的老人都雇了保姆。多年照顾娘家婆家的担子，终于从春枝肩上卸了下来。藻溪人都说春枝是有后福的人——为廖家受了这么些年的苦，总算熬出了头。当然这是藻溪人当着春枝和春枝妈的面说的。春枝母女不在场的时候，藻溪人的话就没有这么顺耳了——幸亏春枝听不见。春枝本是劳碌之人，突然闲了下来，便觉得多出了一副手脚，不知如何安置才好，就日日思想着打发日子的方法。

有一年端午节，建平在上海加班没有回藻溪。春枝的一个中学同学的丈夫是开长途汽车的，那人就拉着春枝坐了丈夫的车去苏州、无锡玩了一趟。回家的路上，春枝突然心血来潮，改坐了火车去上海看建平。到了上海站给建平打电话，建平没在公司，手机也没开。春枝就自己找去了建平长期租用的宾馆房间，等着建平回来。左等右等，等得天大黑了，才隐隐听见门外有建平的声音。开了门，却见建平手里提着一个篮子，拐进了过道尽头的另一个房间。

建平不是一个人，建平的身边有一个女人。

春枝轻手轻脚地跟过去，只见房门大开着。建平已经把手里的篮子放到了地上，春枝一眼就看见了篮子里是一个婴孩。那孩子一脸褶皱，肤色黑红，丑若田鼠——看上去至多两个月的样子。女人弯下腰把孩子从篮子里抱出来。女人很年青，面皮白净光滑。一头黑发如泼墨，在脑后用一个塑料卡子松松地绾起，漏了几根发丝，从额上一路垂挂到脖子里——却是春枝没有见过的那种随意。女人个子很高，腿仿佛直接长在了腰上。穿了一件黑色紧身长袖薄毛衣，领口开得极低，女人弯腰下去的时候，就露出了一道深深的乳沟。女人虽然刚刚生产过，腰身却依旧紧瘦，只是胸乳极是饱满，呼之欲出。女人抱孩子的动作稍稍有些笨拙，孩子一下子就醒了，狂哭起来。女人抱着孩子来回晃动着，幅度很大，胸前的那两坨东西心惊肉跳地颤着，仿佛随时要飞出去。建平去洗手间拧了一条湿毛巾出来，给女人擦脸上的汗。擦着擦着，手就探进了女人的领口。女人的身子随着男人的手指扭来扭去，嘴里骂着廖建平你作死呀，眼里却是盈盈的笑意。

春枝软软地靠在门边，恍惚间觉得建平的手指，正丝丝痒痒地抚在自己的胸前。建平多少年没有这副样子了呢？春枝脑子里一片空白，只记得那日启程的时候，日是圆的，月是圆的，路程长长的才开了一个头。才过了两天，那照耀她的九十九个太阳和九十九个月亮，突然间一起轰然坠地，世间是一片不分日月的黑暗。她的路，突然就走到了尽头。

"建平，你……你好……"

她听见一个声音轻轻地在墙壁之间飘过来舞过去。那声音仿佛没有经过她的脑子，甚至没有经过她的嘴唇，与她毫无关联地落在空中。突然，建平手里的毛巾落到了地板上。"咚"的一声巨响，地球停止了转动，万籁俱寂。

建平的脸在变换了多种颜色之后，渐渐固定在红与青之间。倒是那个女人比较镇定，拿手臂撞了撞建平，说人家春枝大老远的来看你，要不，你们去那屋聊聊？建平这才醒悟过来，拉着春枝就往他自己的那个房间走去。春枝恍恍惚惚地跟着建平进了屋，坐下了，建平端了杯水过来，问春枝："你……你渴了吧？"那口气里有失措的殷勤、负疚的客气，却只是无比地陌生。春枝听着，就明白她已是他生活中的客人了。原本存了许多话要问，到了这时，突然悲从中来，便一把摔了杯子，夺门而去。

春枝回到藻溪，就提出离婚。婆家不肯。七十多岁的瘫婆婆让人背着到了赵家，流着眼泪喊皇天，建平这小人咋就生出了六指呢。又拉着春枝的手，说建平和那个女人，都是各有目的的。一个要钱，一个要儿子。春枝你做了绝育手术，不能再生了，建平偌大一份家产，没有儿子，将来传给谁呢？咱们乡下人，再有钱了想的也是乡下人的想法。建平不过是想有个后继的意思。建平和你，才叫真正的结发夫妻呢。这个年头，有钱人包二奶的有的是，建平对你怎样，你心里最清楚，谁也动不了你正宫娘娘的地位。

春枝听了这话，方明白婆婆一家其实早就知道了实情的，却把自己蒙在了鼓里。想起这些年风里雨里伺候婆婆的情景，到头来终究还是血浓于水，心里越发悲哀起来，离婚的信念反而越发坚定了。

春枝自己的娘，自然大骂建平没有良心——当初要做绝育手术，原本也是建平的意思，有了钱，就变了想法。可是骂完了，气也生过了，回过头来还是劝春枝慎重考虑。娘说只要建平改了，和那个女的断了往来，再把春枝接到上海同住，这个婚就不一定要离了——这个年纪，离了一个人过，又能好到哪里去？过惯了安逸日子，难道还要从头来过苦日子吗？春枝听了，只觉得娘这些年已经被建平的钱宠坏了，想的只是日子，而不是女儿，便干脆不再与母亲商量了。

建平从上海回到藻溪，在自己父母家里住下了——春枝不让进家门。找人捎了话给春枝，说婚他是不想离的。事情虽是自己的错，可是做也做下了，这页纸翻是翻不回去的。其实也就是一道坎儿，眼睛一闭就过去了，就看你愿不愿意。你若愿意，咱们还是跟从前那样一心一意过日子。我就在藻溪专程听你的回话，啥时回话来了啥时走。

春枝冷冷一笑，也让人捎话回去，问咋"一心一意"过日子？和那个女人一块儿过？建平说人家从来没有非分的想法，是你容不得她。春枝听了这话，彻心彻肺地凉了，当下就给了回话：这个坎儿过不去。

离婚离得有几分辛苦，主要是因为晓藻的抚养权。建平虽对春枝有了二心，却是极爱这个女儿的，死活要带着走。春枝坚决不肯。建平说春枝你给我晓藻，我让你和你妈一辈子衣食无忧。春枝说我要是给了你晓藻，我一辈子活着还有什么盼头？建平急了，说你若不给晓藻，你休想从我手里得到一分钱的赡养费。春枝当下就在离婚协议书上签了字，放弃建平的所有资产，却留下了晓藻。

就这样，春枝从十年的婚姻里走出来，只带走了女儿和现在住的这幢房子。

春枝中学的一位好友，嫁了个北方丈夫在北京生活了多年。听说了春枝的事，很是替春枝打抱不平，就买了张火车票接春枝到北京散心。春枝原本没打算长住的，却刚巧碰上女友的丈夫的老板托女友给找一个南方保姆，会做江浙口味饭食的，来照顾家里的两个老人。女友就劝春枝去试一试。谁知春枝这一去，一待就是四年，直到送了两个老人的终。那老两口平时有些积蓄，又和春枝投缘，所以身后留下一份详尽的遗嘱里，竟然也有春枝的一份，是两万元。春枝从前风光的时候，两万元也就是揣在兜里的零花。可是再风光，那也是建平的钱，与她隔了一层皮。如今星移斗转，两万元突然就很有了些重量，不仅因为她需要钱，也因为这钱是她自己一分一厘挣来的，有几分撕心扯肉的牵连感。

春枝得了钱，就立马在银行存了个活期户头。这笔钱虽然一分也还没花出去，春枝却早已有了打算的。这一笔钱，再加上这四年省吃俭用的积攒，满打满算刚好是三万七千元。

春枝早打听好了，如果把晓藻转到北京来上学，需要四万元的赞助费。再问亲戚借个三千两千的周转一下，晓藻下个学期就可以上北京读书了——如果找得到住处的话。

春枝妈说这话的时候没有抬头看田田，织毛裤的手微微地有些颤抖。裤裆的那个洞已经完工，老太太伸进一个手指探了探洞口的大小，田田几乎被这个动作逗得笑出声来，却终于忍住了。

"我爸是退休教师，固定工资，没有积蓄，也不会有遗产。"田田说。

"我们家的住房，虽然有三个房间，我们兄妹两个常常回家，都是要住的。"

春枝妈没有搭话。一屋的沉默如山石，压得田田双肩生疼，身子便渐渐低矮了下去。半晌，老太太才轻轻地笑了一声，将那山石破开细细一个洞，空气方有些流通起来。

"春枝至今最后悔的一件事，就是当年为了廖建平，没把平阳师范念完。所以死活也得让晓藻读上好学校。晓藻若是个男孩，春枝反不用那么操心。女人的命运不能放在男人的手心上——这是你爸给春枝说的。春枝信你爸。"

这时门咚的一声撞开了，进来一个体态瘦弱的女孩子。女孩将两只手放在嘴边哈着暖，一边蹬鞋，一边说："外婆，老师今年给了压岁……"女孩说了一半，突然看见了屋里的生客，就把后半截话咽了回去，低了头站在门厅里，脸儿涨得飞红。

后面跟进来的是春枝。春枝看见田田，也是一愣。还没等说话，田田已经从提包里取出一张纸来，铺在饭桌上，慢悠悠地说春枝你来得正好，给我找支笔，最好是黑墨的，我们起草个合同，关于我们家住房的使用条件。

春枝没有动，却对女孩子说晓藻你去南记称两斤鲜枣回来，颜色翠些的，有虫眼的给挑出来。女孩子哎了一声，正要出门，春枝妈站起来，说她哪里知道，还不得我跟着去。老太太出了门，又折回来，说田田小姐你要是明天走，我的毛裤就织完了，正好给你爸带回去。你爸是读书人，讲究着呢，说穿棉裤太肥，不好看。春枝给买了马海毛的，也暖，也薄，也好看。

婆孙两人走了，屋里的两人一时无话。后来春枝喀喀地清了几回嗓子，才问何老师他，还好吗？田田看了春枝一眼，说你觉得呢？大年夜一个人坐在黑屋子里，孤苦伶仃，连茶也是凉的。

春枝不吱声。田田以为春枝有了愧疚，正想趁势再数落几句，谁知春枝却将头抬了，两眼炯炯地看着田田，说："大姐，是你扔下了何老师，不是我。"

　　关于部门合并裁员的消息，已经在银行传了好几个月了。刚开始传的时候，草木皆兵，人人自危。一通电话，一封电子邮件，一个眼神，都可以随时解释为某种先兆。消息传了几个月之后，势头渐弱，恐惧如沙子慢慢地沉了下去，麻木如油星子渐渐地浮了上来，人们也就习惯了在麻木之中混吃等死的姿势。所以那天当田田接到部门总经理的电话时，她完全没有想到这竟是自己在银行工作的最后一天。

　　银行保安部的两位工作人员跟着田田去了办公室，监督着田田清理了办公桌上的个人用品。三四年的日子，积累起来，不过小小的一个纸箱子。同事围拢过来，拥抱，握手，情绪复杂。惜别是真实的，庆幸也是真实的——走了一个，留下的人似乎又多了一份保险。保安部的人员一路护送田田出了银行的门——是怕田田带走内部资料和电脑内存文件。虽然早就知道这是银行裁员的老规矩，田田抱着纸箱子走出银行大门的时候，眼泪却忍不住流了下来。

　　走到街上，才发现今天的天气不错——平时这个时候，田田大多在上班，极少能看到街上的景致。太阳歇息了一个季节，正有力气，晒在身上有几分重量。风不知何时已失却了棱角，变得四平八稳起来。路上的积雪只剩了一层虚空的架子，车驶过，便瘫软成一团泥泞。靴子踩在地上，已经隐约感觉到了泥泞之下蠢蠢欲动的春意。可是今天田田只是借了这隐隐一点的春意赶路，今天田田管不了春意。

走到街角搭公车的地方，田田看见有人摆了水桶在卖花。卖花的是一个年青的女孩子，吆喝的声气里带着一丝生疏和羞涩。"新鲜的，给你的瓦伦丁，买一束吧。"田田这才想起今天是情人节。便弯下腰，仔细地挑选了一枝粉红色的玫瑰，又把找头塞回到卖花女的手里。女孩谢了又谢，说愿你和你的瓦伦丁，有一个愉快的夜晚。田田把花插在纸箱的把手上，笑了笑，说：这是我平生的，第一枝花。

田田上了公车，坐了很多站，也没下来转地铁，却一路坐到了末站。

是海德公园站。

公园极是寂静。二月的树林依旧光秃，林荫道失去了枝叶的遮掩，突然就显得开阔笔直起来。一眼望到头，只有一对衣装整洁的老夫妻，牵了一条狗，在慢慢地散步。田田的脚步声很轻，狗却听见了，警醒地竖着耳朵，吠了起来。树林瞬间活了，宁静噼嗡地散落了一地。

田田原本只是想找一张凳子坐一坐的，却没想到走了很远的路，依旧没有找到凳子，手里的纸箱却渐渐地沉了起来。就找了一块干地，把纸箱搁下，自己坐在了上面。

明天写一份履历，找几家职业介绍所发一发。上一次写履历是四年前的事了，内容早就过时了。推荐人找谁呢？决不找部门经理。自己一直是他手下的干将，替他开发了多少客户，在总部争得了多少风光体面。结果她却成为他手下第一个走的人。那句成语是什么来着：狡兔死，良狗烹。可是谁是兔谁是狗呢？他递给她那张解雇通知的时候，眼睛都没敢看她——不信他心里没有愧疚。看这点愧疚能走多远。说不定，他会给她介绍另一家银行——他在银行界做了很久了，熟人大约总有几个的。换一行还得从头适应。要不，还是给他打个电话吧。也不全怨他，总部要裁员，名额派下来，总得落到某个人头上。听说右派也是这么评出来的。

明天，明天再说吧。

太阳正高，照着身子如暖雪般酥软。眼皮渐渐沉涩起来，思绪陷入茫茫荒漠，哪条路都是死路。

散步的老夫妻从林荫道尽头折回来，看见一棵硕大的雪杉树下，坐着一个娇小的中国女子。女子仰脸靠在树干上睡着了，头发脸颊上沾了些褐色的树皮。女子的膝盖上放了一枝玫瑰，蔫蔫地垂着头。狗低头闻了闻花，静静地走开了。

田田醒来的时候，天已经黑了，路灯照得林荫道幽黑深远。田田是被手机振醒的。田田的手机是为客户预备的，平时电话多，怕影响别人办公，所以就把铃声设置成了无声的振动。田田慌慌地打开手提包，在钱夹子、化妆品、手纸、梳子、笔记本、支票本的重围中，找到了活蹦乱跳的手机。抓住了，接起来，习惯性地用英文说：您好，我是道明银行的何田田，有什么事我可以帮到您？说完了，才想起历史已经改写，却懒得更正了。

那头是秦阳。

"田田你在哪里？我快把你熟人都找遍了。银行说你早走了，手机你也不接。"

田田响响地打了一个哈欠，说我在一棵百年老树之下睡着了，做了一场春秋大梦。原以为眼睛一睁，世上已千年，恐龙复活，满街走着外星人。结果还是那么些旧事旧人——你这个电话打得好不扫兴。

秦阳顿了一顿，才说田田你不要动，告诉我你在哪里，我马上过来接。不就是一份工作吗？我们再找就是了。

田田也顿了一顿，说："可不就是一份工作吗？大不了你把我养起来就是了，着什么急呢。"

秦阳无话。半晌，才迟迟疑疑地说："其实，央街上的那家咖啡馆，要是真的顶下来，也是不错的。自己做自己的老板，谁也炒不了你的鱿鱼。"

秦阳是在《多伦多星报》上看到那家咖啡馆的广告的，业主得了重病，急待出手。秦阳去看了几次，说生意极好，价格也合适。秦阳回来，就在田田耳边刮风。秦阳刮风的目的很明确，是问田田借钱。田田装糊涂，从不表态。今天不知怎的，却极是烦躁起来："秦阳你别盘算我那几个钱，不够你招摇几天的。要做老板你去做就是了，我给你打工好了——谁还不知道省心呢。"说完就将电话吱的一声搋死了，心里那一股无名火压了很久，才渐渐压了下去。

那天两人回到家来，秦阳早已备下一桌的酒菜——原是过情人节的意思。田田在外边走了一天，饿，也渴。便狂饮了几杯，一时烂醉如泥。半夜醒来，听见秦阳的鼾声如流水细细碎碎地灌满了屋里的每一个角落，竟叫她无处可逃遁。便下了地，摸黑开了抽屉，窸窸窣窣地翻着了一盒烟。烟是陈年的旧货，带着些潮气，点了几回才点着。田田是住在娘家打离婚官司的那一阵子学会抽烟的，当然得背着母亲。不是怕，而是忍受不了唠叨。后来得了一场重感冒，突然就厌烦了那味道，自然就戒了。隔了多年重拾起来，气味熟稔而陌生，说不上喜欢，也说不上不喜欢，只是一种恍若隔世的感觉。蹲在房角，看见月光漏过窗帘缝，黄黄地照着秦阳的脸，朦朦胧胧的仿佛长了一层绒毛，眉眼如婴儿般安详。

一无所有也是一种福气。赤裸裸地行在世上的人，随意抓住一样东西，都是收获。他遇到了她，他紧紧抓住了她。她交着他的房租，他开着她的车。她是他遮雨的屋檐，他舀饭的锅，他行路的脚，他歇息的床。她是他可以安然入睡的原因。可是她呢？她的房子只付了小小的一笔首期，剩下的，是硕大一笔的贷款，需要月月还着。还有水电费，车保险汽油费，物业管理费，当然还有女人买花戴的开销。她的失业保险金比她正常的收入少了一大半。她要管自己，要管他，还要管父亲。父亲的保姆，父亲的部分医疗费用，天长日久的，也是一笔不小的开销。她夜半醒来，突然觉得整个世界都靠在了她的肩膀上，便憎恨起秦阳的安然无虑来。

早上一睁眼，发现秦阳已经起床了。田田看了看手表，已经到了平日上班的时候。就想趁老板刚上班的空闲给他打个电话，让他帮着介绍一份工作。拿起电话，却听见里边有个陌生的女人声音，才明白是秦阳在客厅里用电话。"还要拖多久？总得有个了断……"女人的话她只听了半截，因为秦阳很快就把电话掐断了。过了一会儿，电话铃响了。他不接，她也不接。铃声终于静了下去，却只静了一小会儿，便又惊天动地地响起。她忍不住赤脚跑出去接，那头不说话。她就冷冷一笑，说秦阳你是不是要告诉我点什么呢？秦阳的脸一下子白了，却不回答。

田田一把扯开窗帘，阳光如白水，猛烈汹涌地倾入客厅，满屋飞尘，一片混沌。一个年轻的早晨，还未来得及经历世事，就已经炽烈地熟了，熟得可以随时老去。田田一时万念俱灰，扬了扬手，对秦阳说你，你搬出去，马上。

秦阳嚅嚅地说，其实，刚才……田田抓过桌上的裁纸刀，将刀尖指着自己的心口，大喝一声："秦阳你再说一句，我就扎给你看。"秦阳吓了一跳，便闭嘴进了卧室。刀从田田手里咣啷一声掉了下去，田田的身子抖得仿佛随时要散成一地碎片。裹在一片厚重的阳光里，却只觉得冷，从心尖上丝丝缕缕地渗出来的，擦也擦不干的那种阴冷。

秦阳在屋里窸窸窣窣地收拾着自己的物件。几个月的记忆，收拾起来，也就是一大一小两个箱子。锁好了，慢慢地拖过客厅，拖到门口，又返回卧室，拿了一件厚浴袍，递给田田，说你穿上这个，送我到楼下，可以吗？田田想说不，却不由自主地跟着秦阳走进了电梯。

两人站在电梯里，他没按电钮。她也没有。电梯门自动关闭了，电梯却没有动。他说钥匙我放在床头柜上了，车子我先开走，卸下箱子再给你开回来。她没说话。她其实是期待着他再说些别的，可是他没有。电梯间不大，两人中间隔着两个箱子，其实还有些拥挤。只要略微伸展一下手脚，他们可以随时相碰。可是他们相对站着，中间仿佛隔了一亿个光年。终于，他的手伸过那些光年，按住了那个已经被人磨得油光锃亮的 P1 电钮。电梯轰隆轰隆地俯冲了下去。

没有了，他们之间再也不会有第三次的开始了。田田迷迷糊糊地想。

突然电梯猛烈地晃了一晃，骤然停了下来。田田的五脏六腑被高高地揪了起来，又重重地摔了下去，血猛烈地拍打着耳膜，耳朵一阵轰鸣。箱子闷闷地倒了下去，压在脚趾上。田田想抽脚，却看不见箱子——电梯里一片黑暗。

电梯坏了。秦阳说。

他摸索着跨过箱子，去找电钮盘上的警铃。印象中似乎在右下角。他一个一个按钮地试过去，没有任何声响。

手机，打 911。他提醒她。

她摸了摸口袋，醒悟过来她穿的是浴袍，手机放在房间里没带出来。

等吧。他叹了一口气，摸索着把箱子放平了让她坐。他在她旁边坐下。她脱了鞋，摸到了脚指头上的湿黏，知道是血，突然感到了一扯一扯地疼。

她从来没有经历过这样一种没有一丝缝隙，没有开始也没有终结的黑暗。黑暗从四面八方朝她拥挤过来，越来越重。她身上的每一样器官，仿佛都被挤压成薄薄的一片，争先恐后地要从胸腔里突围。她号叫了一声，用拳头狠狠地砸着电梯的墙。她的力度和疯狂把她和他都吓了一跳。

他用双臂将她死命地箍住了，说田田你要是还想活，就要保持体力，减少氧气消耗——我们停在两层楼之间，没有人会听得见你。

他摸索着解开了她浴袍上的带子，瞬间摸到了她的温软。她的温软如水流了他一掌，水中有两块小小的卵石，坚挺地磨着他的掌心。她低低地呻吟着，终于安静了下来，将头无力地靠在他的肩上。她的肚子响亮地叫了一声。紧接着，他的肚子也响亮地叫了一声，仿佛是夏日池塘里相互呼应的蛙鸣。两人忍不住笑出了声。

田田，万一我们就死在这里了，有些话，我总是要告诉你的。

那个女人，是我老板的表妹。香港人，二十多年的老移民。老公死了，急着想再找个人。

我在国内日子过得腻味了，是想换种活法才出国的。蛇头说到了多伦多，六个月就可以拿到身份。随便找份工作，都是四五万年薪，折合人民币，就是三四十万。

出来了，才知道蛇头的话不实，却晚了。原本想赚够还债的钱就回去的，谁知遇到了你。

我知道你想我来帮你，可是你若不先帮我，我就帮不了你。你明知道的，却怕投进去了收不回来。你信不过我。

其实她也和你一样精，只不过她敢赌，你不敢。

田田不说话。尿意渐渐聚集起来，在小腹聚成一丝尖锐的刺疼。秦阳找到了箱子的拉锁，拉开来，摸出一个平时骑自行车用的钢盔，倒放在墙角，说你将就吧。

水声响了很久，从低浅响到满盈。到最终停下来的时候，他塞给她一块布，说擦擦干净。她擦了，才感觉出是他的领带。心想，这个男人对她，也许是有一两分真心的。她和他的关系，其实也不外乎是一种风险投资。投对了，她也许就有了依托。投错了，她的下半辈子可能就是竹篮打水一场空。

也许，事情并没有这么严重。投错了，她至多不过再被人利用一次。若不投这一注，她连拥有水的希望也没有。能被人利用，总好过完全无用。这是谁的话？好像是父亲的话。什么时候说的？不记得了。

田田迷迷糊糊地睡了过去。

　　没过多久，就饿醒了。最初的饿意是明确而尖锐的，如虫如蚁如针在肠胃里蠕蠕地爬过，每一步都在刺痛。田田仔仔细细地回忆着冰箱里的内容，每一格每一抽屉每一样物品都有了细致而具体的盘算。田田在想象中把它们以各种方式各种组合烹饪成众多的菜肴，每一道菜都让她垂涎欲滴。她听见自己的舌头在嘴里一遍又一遍地翻滚着，直到唾液渐渐干涸，舌头肿大得再也无法滚动。饿意渐渐麻木起来，她便再次睡了过去。

　　就这样，田田睡睡醒醒了多次，后来就完全失却了时间的概念。最后一次醒过来，她想问秦阳大概是几点钟了。她动了动嘴，却发不出声音。她知道她已经没有力气了。她突然想起了涸泽里的鱼——微微开启的嘴，蒙着翳子的白眼珠。

　　我不想死。我真的，真的，真的不想死。

　　田田默默地一遍一遍地对自己说。她靠这句话支撑了很久，却没有支撑到底，就再一次陷入了长久的昏睡。

　　后来她被一道眩目的白光刺醒，听见一个声音遥遥地传过来："给她戴上眼罩。"白光消失了，白光的记忆却如刀刃久久地搁在她的视网膜上，锋利，鲜明，一碰就是伤痕。她听见了街音。她听见泥水在车轮的碾轧之下溅落的声音，她听见商店橱窗里的风铃轻轻震颤的声音，她听见了一个小女孩和母亲的争吵声，她听见橡皮手套相互摩擦针筒跌落在托盘里的声音。

"他呢？"她扯住了护士的衣袖，喑哑地问。

"他在另外一辆救护车上，平安。"

"告诉他，请他定个日子。"

"什么日子？"

"他知道。"

田田说完这句话，就昏迷了过去。

田田和秦阳于四月五日举行了婚礼。

选择在这一天结婚，是因为正好是周六，而且他俩合开的咖啡店要在两个星期之后开张——开张之后他们就不会有时间结婚了。

婚礼是在田田一位好朋友家后院的玻璃暖房里举行的。邀请了一位法官到场，签字证婚，然后一行人去一个自助餐厅吃了一顿饭，就算礼成。

秦阳穿了一套深蓝色的西服，扎了一条橘红色的领带。衣服很合身，领带的颜色却有些跳——是田田坚持的。这条领带是那日田田在电梯间里小解时应急用过的，秦阳原本是要扔了的，田田却拿去干洗了，说是留个纪念。众人见秦阳穿戴齐整的样子有点怪，都暗笑，说后备役转正规军的时候，大约都是这个样子。

田田婚礼上穿的是一件粉红色的连衣裙，领口裙裾都镶了些花边，不像新娘，倒更像是伴娘。秦阳问田田为什么不选一件白色的衣裙呢。田田说脸黑的人穿白的不好看，反差太厉害。田田没有说出来的那半截话，秦阳大约是猜不到的。田田银行的同事，曾经告诉过她，二婚的女人居多不穿白——毕竟是失过清白了。

晚宴完毕，送走客人，两人走在回家的路上，田田突然想起今天原来是清明。就推了推秦阳，说你怎么挑了这么个日子娶亲？这是奠祭死人的日子。秦阳酒上了脸，笑起来一嘴牙龈："咱俩已经死过一回了，还怕什么？"

那日两人困在电梯里，只以为是楼里的电梯坏了，却不知外边的世界正在经历数十年未遇的灾祸。从北卡州到纽约州再到加拿大东部，电力网全线瘫痪了三四天。有人说是设备陈旧，有人说是黑客破坏，也有人说是本拉登恐怖组织的行为。当田田和秦阳在昏迷和清醒的边缘来回浮游的时候，那个叫多伦多的都市正如一只断失了羽翼的大鹏，骤然跌落在自己筑就的牢笼里。困顿，烦躁，完全失去理性，随时进入疯狂状态。街边停着无数辆因无法加油而瘫痪的汽车，商店里充斥着臭味四溢的变质食品。手机连通网在勉强应付了几个小时之后，终于陷入全线的忙音。医院急诊室的过道里，坐满了重感冒的病人。蜡烛和打火机在两个小时内完全脱销。街角杂货店的矿泉水一夜之间涨了三倍的价格。天虽然还没有整个塌下，人们却已经感到了云低低地压在头顶的重量。在这一场没有一丝硝烟的战争中，人输得很惨。人不是输给了人，人却是输给了电。所造之物翻脸不认那造物的，工具居然打败了工匠。灾祸过后的城市慢慢地复苏着，后怕却一天天地加增。

听到大停电期间的种种恐怖故事，秦阳只是微笑不语。私下里却对田田说，没有大停电，哪还会有咱俩的今天？田田听了，不禁一怔。老天爷让这个硕大的都市在这样的灾祸里走过一遭，城塌了一方，人行过了死荫的幽谷，仿佛只是为了成全一段艰难的姻缘。想及此，心中便骇然。

田田两次回国，都没有和父亲说起过秦阳。和前夫相比，秦阳几乎不具备任何引起父亲兴趣的特征。婚礼的前一个星期，田田打电话回家，告诉父亲自己要结婚了。"告诉"这两个字在这里是一种相对准确的用法，因为田田并没有打算征求父亲的意见。事先田田准备了一些应付父亲问题的答案，可是事到临头却一点也没有派上用场。父亲沉默了一会儿，才问那个人，他对你好吗？田田说他除了对我好，就一无所有了。父亲笑了，是一种钢球在玻璃面上滚过的富有弹性的开怀的大笑："他若对你不好，你才一无所有呢。"父亲那天的笑在田田的耳膜上划出了一道深深的刮痕，不是疼，而是一种出乎意料的惊奇——父亲已经很多年没有这样笑过了。

我的责任总算是完了。

父亲说这话的时候叹了一口气，那叹息听上去不像是伤感，倒更像是卸下了千斤重担之后的那种惬意。放下电话，田田也是一身轻松——如同常年生活在缺水地带的人突然经历了一次温泉沐浴，田田感觉到她对婚姻的最后一丝顾虑已经随着身上的污垢在水中完全瓦解。

田田和秦阳说起和父亲的那次通话。田田隐隐觉得父亲身上有了一些变化。秦阳问变在哪里，田田思索良久，却无以对答。

很快田田就知道父亲卸下的是什么重担。

婚礼之后的第三天凌晨，田田床头的电话响了。这种时候的电话铃声听起来隐隐有些不祥，田田一下子就醒了，坐起来，很是心惊肉跳。

是元元。

爸爸失踪了。整整三天了。哪里都找过了。

隔着电话线，元元的声音仿佛是风里晾过的干柴，裂了许多条缝，每一条缝里都塞满了惊恐。田田觉得年近四十的哥哥一下子变成了一个无措的孩子。

三天前他给我打电话，说他要结婚了，娶春枝。我说这么大的事，你也得和我们商量过。他说没想和你们商量，只想告诉你们一声——你们结婚，和我商量过吗？

我气昏了，就骂那个女人实在是太精了，踩准了点，先探进一只脚，再进来一整个身子，再把女儿塞进来。三陪几陪的小姐，可没有她这个能耐。爸爸把电话摔了。再打，就怎么也打不通了。我赶去北京，门锁着，人却没有了——两个都不见了。

别出什么事才好——妈出了事，咱们在人前已经抬不起头了。他要再出个事，我们就永远也说不清楚了。

田田放下电话，双手捧着头，久久无话。秦阳也醒了，连问几遍怎么了，田田才指着他的太阳穴，怒目圆睁地说：

"秦阳，你给我听着，过了七十咱们决不多活一天——人老了怎么就这么糊涂呀。"

田田是在那条叫藻溪的水边找到父亲何淳安的。

藻溪是条小溪，线似的在山石中流过。石头很乱，从那岸歪歪扭扭地铺到这岸，就成了涉水的丁步。太阳还嫩，落在水面苍白无力。柳叶还没有长全，远远看过去，却已隐约有些郁郁葱葱的架势了。父亲坐在一块岩石上钓鱼，身边蹲着一个十四五岁的女孩子，正在帮他穿蚯蚓。父亲甩竿的动作很是落力，仿佛在上演一出细节到位的戏文，钓鱼绳在空中留下一个弧形的划痕。

父亲的全出戏文只有一个观众，就是春枝。

田田突然想起临行前秦阳说的一句话：千金难买糊涂人的快乐。

初稿　2005.7.7

二稿　2005.7.18

于多伦多罕见的酷暑之中

向北方

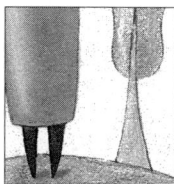

小越：

　　爸爸要离开你一段时间。爸爸离开的原因，等你再长大一些就明白了。爸爸要去的那个地方，在多伦多的北边。很北。可是不管爸爸在哪里，爸爸的心永远不会离开你。

苏屋瞭望台。

陈中越趴在桌子上，举着放大镜在那本新买的加拿大地图上寻找这个奇怪的地名。湖泊河流如蝌蚪带着各式各样的尾巴，在放大镜里游来游去。后来他终于摆脱了蝌蚪们的纠缠，在安大略省的北部找到了这个芝麻大的黑点。

打开电脑，进入雅虎，有十几条索引。

镇内人口：3400。外围人口：1800。纬度：北纬52度。主要居民：乌吉布维族印第安人。辖区：印第安和平协议第三区……

网页的图文说明渐渐地模糊起来，只剩下几个字如平地里兀起的山峰，生猛地占据了他的全部视野。

北纬52度。

中越翻出一本卷了毛边的中国地图，沿着北纬52—53

度线一路找过去，只找到了一个孤零零的地名：漠河。他听说过这个地名。中学地理课老师曾经告诉过他，这是中国最北的一个县。

也就是说，苏屋瞭望台和中国最北的一个县城几乎处在同一条纬度线上。

中越觉得血从脚底一寸一寸地热了上来，心跳得一屋都听得见。关闭了网页，就飞快地打出了一封信："我接受聘任合同的全部条款，将于两个星期之内赴任。"信打完了，用食指轻轻地击了一下发送键，叮的一声脆响，电子信件飞离了他的电脑——这才感觉到手在微微地颤抖。闭上眼睛，仿佛看见了满天都是透明的翅膀，载着他一腔的急切，飞向那个有着一个奇怪的名字的加拿大北方小镇。

第二天中越就开始收拾行李。大件的家具电器，都送给了范潇潇。自己的日用物件整理起来，是四只大箱子。两只放后盖箱，两只放后座，应该正好是一满车。关结银行账户，检修汽车，购买长途行车保险，带小越去家庭医生那里做年检，与导师、同事、朋友一一话别。琐琐碎碎的事情，办起来竟出乎意料地简单顺利。

一个星期之后，中越就开始了前往苏屋瞭望台的漫长旅途。

　　启程的那天早上，车都开到高速公路口上了，他又停下来，用手机给潇潇打了一个电话。电话铃响了很久，才有人接。"小越在吗？"他问。那头冷冷一笑，说你有多长时间没送小越上学了？你不知道她夏季班的校车七点半就到？他顿了一顿，才说潇潇那我就走了啊。那头不说话，他就挂了。停在路边，他怔了半天，心想自己大概还是期待着潇潇说些话的。可是他到底期待潇潇说什么样的话呢？其实，无论她说什么，他都主意已定。她是知道他的，所以她什么也没说。

　　车子开出了多伦多城，屋宇渐渐地稀少起来，路边就有了些田野，玉米在风里高高地扬着焦黄的须穗。再开些时辰，房屋就渐渐绝了迹，田也消失了，只剩了大片的野地，连草都不甚旺盛。偶有河泽，一汪一汪地静默着，仿佛已经存在了千年百载，老得已经懒得动一动涟漪。夏虫一片一片地扑向车窗，溅出斑斑点点壮烈的绿汁。路上无车也无人，放眼望去，公路开阔得如同一匹巨幅灰布，笔直地毫无褶皱地扯向天边地极。中越忍不住摇下车窗，将闲着的那只手伸到窗外狂舞着，只觉得满腔的血找不着一个出口，恶浪似的拍打着身体，一阵一阵地轰鸣着：向北方，向北方，向北方。

　　中越对北方的向往，最早的时候，其实只是一个模糊的概念。

中越出生的年代，正逢越南在轰轰烈烈地打着仗。中越三四岁的时候，跟着院子里的孩子们看过一部越南电影。电影的内容有些模糊，依稀记得是一群面黄肌瘦的南越儿童，在飞快地削竹桩。电影的插曲，他却清晰地记住了。这首插曲词语重叠，音韵反复，极容易上口。用现代流行音乐的套路来重新诠释，其实就是"蓬擦擦"最简单的变奏。

向北方，向北方，南方的孩子盼解放。

向北方，向北方，南方的孩子盼解放。

向北方，向北方，南方的孩子盼解放。

……

这是中越一生里学会的第一首歌，是记忆的大筒仓里垫在最底层的一样东西。后来长大成人，筒仓的内容不断地增加着，溢失的却总是那些堆积在最表层的东西。而最底里的那首歌，却已经化了血化了骨，再难剥离了。虽然那时他对南方对北方都毫无概念，那首歌却是最早点燃了他对北方的模糊向往的。

后来，他的小舅和二姑，都是知青，都去了东北的生产建设兵团，时时有信来。那时父亲还在，饭桌上，母亲就念信给父亲听。信都是些诉苦的信，他半懂不懂地听着，只记住了他想记的部分，比如康拜音割也割不到头的田野，比如看不到一丝云彩的地平线，再比如比棉被还要厚的遮了天盖了地的冬雪。这些信使他对北方的模糊猜测开始具备了一些实质的内容。

再后来，他就发酵似的飞快长大了。初三的时候，他就已经是个一米八零的大高个了。裤子永远太短，鞋子永远太紧，门框永远太矮，嗓门永远太粗，学期品德鉴定上永远有"希望改善同学关系"的评语。开学分组的时候，没有人愿意做他的同桌。学校野营训练，没有人愿意和他睡同一张床铺。除了在运动场上，几乎没有一个地方可以容他舒适地摆置自己的身体。他觉得自己是一头高大笨拙的熊，小心翼翼地行走在江南精致而错综复杂的街景习俗人情中，举手投足间随时都可能碰碎他所遭遇的一切，不是他伤了人，就是人伤了他。江南的城郭像一件小号的金缕绣衣，他轻轻一动，就能挣破那些精致的针脚。少年的他开始感觉到了轻巧的南方压在他身上的千斤重担。

于是他越来越渴想他从未经历过的却又永远不能割舍的北方。北方的大。北方的宽阔。北方的简直明了。北方的漫不经心。北方的无所畏惧。

高中毕业的时候，他其实是有一次机会可以逃离南方的，可是他错过了。他的高考成绩实在太差，只能上本地的一所师范学院。

大学毕业的时候，他其实还有一次机会可以逃离南方的，可是他再次错过了——他爱上同级的一个叫范潇潇的女生，他败在她的愿望里，两人就一起报考了省城一所大学的研究生。

再后来的生活轨迹就是顺理成章的了。研究生毕业。留校任教。结婚。生女。出国留学。移民定居。生活隔几年扔给他一项新责任，他像接力赛一样一站一站地跑着那些途程。心既定在目标上，感受就渐渐地淡了。那首"向北方"的歌，偶尔还会在他最不警醒的时刻悄然响起，那旋律，却低得如同规则心跳间隙的一两声杂音，已是无比地微弱了。他几乎以为，那个关于北方的梦不过是成长期里一个躁动不安的插曲，已经随着青春岁月消逝在记忆之中，世间不会再有力量能去搅动那个角落的平安了。

可是他错了。

有一天半夜，他从一些纷杂的梦中醒来，习惯性地摸了摸身边，是空的，才想起潇潇已经搬走了。坐起来，满耳是声音。他以为是耳鸣——那阵子他的耳鸣很是厉害。过了一会儿，他终于明白是那首久违的"蓬擦擦"的旋律。那音乐如万面皮鼓在他耳中敲响，使他再难入睡，只好起床，在空无一人的街上跑了整整一个小时，回来又冲了一个凉水澡——依旧无济于事。

向北方。向北方。向北方。向北方。

那咚咚的鼓点一声比一声强劲地撞击在他的耳膜上，撞得耳膜千疮百孔。耳膜终于全线决堤，鼓声如黑风恶浪哗地涌入血液，翻搅得他全身生疼，步履跟跄。那鼓声覆盖了所有的尘世街音，那鼓声叫他的心膨胀了许多倍，如气球一路升到喉咙口，卡住了，上也上不去，下也下不来，他的呼吸就突然失去了节奏。

他知道他生命中的一些部分正在渐渐死去，另一些部分却正在渐渐复苏。

他也知道他斗不过那样的呼唤，他只有顺从。

于是他辞去了原有的工作，开始整天挂在网上，寻求任何一个可以通往北方的机会。

苏屋瞭望台就这样走进了他的视野。

小越：

　　印第安儿童的居住条件大多都很差，漫长的冬季里，上呼吸道感染引发的中耳炎是常见病。因为没有及时医治，造成了永久性的听力损失。这里失聪儿童的比例，比多伦多高出了许多。所有的城市孩子，和他们相比，都是多么地幸运——只因为生在了城市。

中越在大学里学的是教育学，读研究生时选的是儿童教育心理学。后来留学到加拿大，又读了一个硕士学位，主修听力康复学，辅修残疾儿童教育。毕业后，就在多伦多东区的教育局找到了一个儿童听力康复师的位置。这次来苏屋瞭望台，是一份为期一年的合同工作，接替一位休产假的本地听力康复师，照顾附近六所学校的聋儿，并为残疾儿童教师培训手语及助听设施维修常识。

中越到任时，学校还在放暑假，并没有学生。中越就带着地图开着车，上各所学校转了一圈。转完了，才知道，在这地广人稀的北部，"附近"是一个什么概念——六所学校之间，最近的距离也是一个小时的车程。苏屋瞭望台是六所学校的中间点，所以他的住处就安置在了这里。

教育局为他安排的住处在镇西角。入住的时候是夜里，他一连开了三天的车，极累，倒头便睡，也没细看。次日早上被一阵尖锐的鸟啼声惊醒，才发现自己原来住在一片树林之中。屋里从梁椽到墙壁到地板到家具，没有一样东西不是原木筑就的。是那种只上了一层清漆的木头，木纹年轮甚至虫眼，都历历可数。凡是平面之处，都雕了图案，或是草木，或是鸟兽，或是人物，线条简明，刀锋粗粝，凹凸分明，乍看，竟都像是在飞在跳在动。屋顶上开了两扇大天窗，阳光如一条宽大的白带汹涌流下，照得一屋雪亮，尘粒如银粉缓慢地在光亮中行走坠落。便想起从前给小越买过一本外国童话故事，里头那些插图里的森林小屋，大约就是这个样子的。

走出屋来，迎面就被一片瓦蓝击倒，闭了会儿眼睛，才适应了那样的晴空。回头看，方知道自己原来是在一个矮坡之上。下得坡来，几步之外就是淡淡的一抹灰白。那一抹灰白一路远去，渐行渐窄，窄得成了一条线，和地平线混杂到了一处。微风起来，有些细细碎碎的鳞光——原来是一汪湖。极目望去，树林湖水之间，竟无一舟一人。忍不住，就仰着脸朝天哇哇地喊了几声，便有水鸟嘎地飞起，搅得满天都是零乱的翅膀。扯了一把青草捏在手里，狠狠地揉碎了，团成一团扔在湖里。湖水只是浓稠，竟砸不出一丝波纹。掌心有了一丝绿汁的清凉，心里却依旧燥热——还是想喊。

就走到坡的顶上，将两手拢在嘴边，又是一阵狂喊。

咿咿……吁吁…… 呜呜……呀呀……

风将他的声音扯碎了，又一把一把地掼回来，满林子都是嘤嗡的荒腔。直喊到嗓子暗哑，才颓然仆倒在草地上，突然间感觉五脏六腑都掏空了，心里一片明净。

这时候兜里的手机响了，接起来，是白鱼学校的一位社工打来的，说白鱼小学的一个学生在打架时把助听器的耳模给踩碎了，不知能不能来一趟采个模型，再订一个耳模，赶在开学之前。社工问完了，很有些歉意，又说知道你在休安家假，可是家长很急——这家情况有点特殊。中越说没问题，我就来，不过赶到你那里也是中午了。社工说你倒不用赶路，人我给你送来了，就在你的办公室。

中越赶过去，社工已经等在门外了。中越匆匆翻了翻社工带来的资料，知道这个学生叫尼尔·马斯，六岁零十个月，患极端严重的先天神经性耳聋，语音分辨能力几乎是零。就问孩子的语言能力怎样。社工说只会几句简单的话，平时能打一些基本的手语。学校一开学就要送他进语言康复治疗班——所以家长着急要做新耳模。中越又问小孩的父母怎么没来。说父亲很少在家，母亲在一家鱼类加工厂工作，赶不过来。中越正要进屋，社工扯了扯他的衣袖，迟迟疑疑地说："这孩子，有……有点……不太一样。"中越笑笑，说什么样的孩子我都见过，不怕的。

两人就进了屋。屋里却是空的。中越叫了一声尼尔，无人答应。社工把手指放在嘴里，打了个惊天动地的呼哨，一会儿，屋里也传回来一个呼哨——却是高高在上的。中越抬头，就看见墙角的那架梯子上，猴似的坐着一个男孩，两眼黑森森地盯着他看。中越仰着脸，对着梯子端端正正地打了一个手语：早安。男孩含糊不清地回了一句话，中越没听懂，也不知他说的是不是乌吉布维语，就问社工。社工忍了笑，说那是脏话，问候你母亲的，别理他。中越果真不再理睬他，却坐下来，从口袋里摸出一副扑克牌，在桌上一张一张地铺排开来。这副牌如果看牌面的话，也就是一副寻常的牌。可是中越用的偏偏是牌的另一面。这副牌的背面，印的是全美篮球明星队队员的照片。每一张照片上，都有队员的签名和题词。

中越听见身后有些窸窣的声响，知道是尼尔下来了，却也不回头，依旧不慌不忙地将牌洗乱了，再一张张地铺排开来。铺排好了，再洗乱。如此这般几个回合，就感到背上脖子上痒痒的有些热气——是尼尔凑过来了。这才将牌收拢来放回兜里，转过身来，和尼尔打了个正正的照面。

尼尔是个小矮个，罗圈腿，大脑壳，看人时眼睛往上一翻，额上就蹙出几圈浅纹来——像个干瘪老头。耳倒是招风大耳，可惜是个摆设。

中越一字一句地问："麦克·乔丹穿的是几号球衣？"

尼尔不回答。中越又打了一遍手语，尼尔还是不回答，两眼却一直盯着他的衣兜，中越觉得那衣兜给看出了几个洞。

"你，让我，打一个耳模，这副牌，就是你的了。"

尼尔的眉眼依旧纹丝不动，身子却渐渐地低矮了下去，坐到了凳子上。中越换上白大褂，拿着耳镜走过来，捏住了尼尔的耳朵。接下来发生的事，简直像是好莱坞惊险影片中的慢镜头动作。过了好久，中越才渐渐明白了那些动作的意义。中越恍惚看见一只棕红色的豹子，从凳子上飞跃而起。凳子和豹子都在空中划了一道优美的弧线。凳子落了地，豹子却没有。豹子朝自己直直地俯冲过来。他想躲，却已经来不及了，豹子的眼睛离他的眼睛只有一两寸的距离了。他看见豹子的眼眶眦裂开来，眼白从裂口流了出来，一滴，又一滴。后来他就被豹子压倒在地上，他想推，却推不动，因为他的手突然麻了。

等他终于坐起来的时候，豹子不见了，地上只剩了一个散了架的凳子。社工紧紧地捏着他的左腕，颤声问急救包在哪里。他指了指柜子的顶层。社工松手去开包找绷带，中越就看见自己白大褂的袖子上，有一排豆荚似的花瓣，正在渐渐地吐蕊变红。他知道那是豹子的牙印。

"你尽快把尼尔找到，实在不行，就打 911。"中越吩咐社工。

中越简单地给自己包扎过了，就开车往镇医务所走去。一摸口袋，扑克牌没了。腕上的疼意渐渐地尖锐起来，针一样地挑着他的血脉，噗噗地跳。他咬着牙，开始在脑子里构思一百种如何生吞活剥那个印第安小杂种的方法。

小越：

爸爸终于知道了苏屋瞭望台这个地名的缘由。其实爸爸应该猜得到，这是一个和战争有关的地名。三四百年前，苏屋族印第安人常常偷袭乌吉布维族印第安人部落，乌吉布维人为了防御苏屋人，就在这里搭筑瞭望台。听上去，是不是有点像中国万里长城上烽火台的故事？这两族的印第安人在北方的旷野上相互杀戮了很久，一直到被欧洲人圈进了各自的领地为止。想到城市的地底下游走着一些和城市的表层完全不同的历史和人物，脚踩下去的时候，有点胆战心惊——总觉得要惊扰一些不安的灵魂。

206

　　中越到镇上的医务室处理完了伤口，回到家来，就是下午了。在医生那里打了一剂镇痛消炎针，药性一上来，有些头重脚轻，就横在沙发上睡着了。正是鼾声如雷间，突然听见有人推门进来。坐起来，一看是潇潇。潇潇穿了一件天蓝色的羽绒服，头上围了一条雪白的羊绒围巾。围巾围得很紧，只露出黑井似的两个眸子和额前齐齐的一排刘海。中越吃了一惊，问潇潇你怎么也不先打个电话就来了？潇潇不说话，却将脸背了过去。中越又问潇潇你穿这么厚，不热吗？潇潇转过身来，幽幽地看了他一眼，说我冷，心里冷着呢。他去抓她的手，她不让。两人推来躲去的，他就醒了——方知是南柯一梦。

　　天已经大黑了。从天窗里看出去，夜空如洗，月是细细的一牙，周边有些亮斑闪烁如炬——看了几眼方明白是星斗，竟比闹市间大出数倍来。窗外的那个企鹅湖，不知何时已经翻了脸，水如浓稠的墨汁，在风里癫狂地泼洒，将两岸的岩石染得透黑。林涛如万仞山石倒倾下来，轰隆隆隆隆，从头顶响起，一路碾过脚底，木屋突然间变得单薄如纸笼，仿佛一捅就透。中越有些惊怵，就开了灯，从厨房里找出一把冰锥和一把牛排刀，放在随手可及之处，心想明天得去区政府打听一下买枪的手续——这样的荒郊野地，只有枪才是真胆，别的都是狗屁。

这时肚子擂鼓似的叫了起来，才记起自己连中饭也还没有吃。冰箱里是空的，还没来得及去买菜。街角的那家杂货铺，恐怕已经关门。只好找出一桶路上剩下的康师傅方便面，灌了一碗热水胡乱地吃了下去，淡而无味，且是半饥半饱。便感叹再热切的理想，也是经不起一顿饥荒的。

吃完了，出了些热汗，又记起了刚才的梦。梦里的潇潇，是他俩刚认识时的样子。那时他和潇潇都是大二的学生，同级不同系。他学文，她学理。他不懂她的课程，她也不懂他的课程，可是他们却是有话说的，因为他俩的念想是相通的。他们不知在哪一步哪一个路口上走岔了，就渐行渐远了。他们不再有话。她的念想不再是他的了，他的也不再是她的了。想起梦里潇潇说心冷的话，中越不觉得就有些戚戚然，便忍不住拿起手机给多伦多打电话。

接电话的是小越。

父女两个随便聊了几句，小越就有些不耐烦起来，说爸爸我要看《寻找尼姆》呢，图书馆借的带子，明天就要还。中越问妈妈在吗。小越顿了一顿，才说妈妈在楼上，项叔叔也在——要不要叫她？中越也顿了一顿，说不用了，没什么事，就挂了。挂完了，呆呆地坐在沙发上，心想潇潇大约真是对自己彻底冷了心了，要不然怎么能这么快就和那个姓项的上楼去了呢？要知道从前的潇潇可是出名的慢性子，从第一次握手到第一次上床，竟耗费了他整整两年的时光。现在的潇潇不同了，现在的潇潇是有经历的。她的经历是他给的，他用他的锐气砂纸一样地打磨着她的疵点斑痕，使她完成了从毛糙到光润的蜕变，可是到头来享受她的成熟的却不是他。

思路朝那条死路上一走，头就惊天动地地疼了起来，太阳穴一扯一扯的，像有两只螳螂在挥舞着大钳子斗法。抹了浓浓一层风油精，直辣得眼睛哗哗地流泪，才渐渐缓和些。头刚好些，手上的伤口又疼了起来。其实头疼并没有缓解，只不过手上的伤口疼得更剧烈些，就把头疼给遮盖住了。这回的疼跟白天的疼又是不同。白天的疼有点像针挑，到了这一刻，就似刀削了。削也不是痛痛快快地削，却是那种半刀半刀没扎到底就拔出来的拖泥带水的慢削。中越猜想是药性过了，就起来又服了两片镇痛药，谁知这回药却是不管用了。非但没有镇住疼，反而身子阵阵地发起冷来。

只得脱了外衣躺到床上，厚厚地盖了一层被子。被子才盖上，就压得浑身黏黏的全是冷汗。踢了被子，露出半个身子来，便又颤颤地冷。盖了又踢，踢了又盖，跟被子斗了一夜的法，辗转反侧，竟是一宿无眠。到了凌晨，刚有了些软绵的睡意，却突然听见了门外的动静。

尽管中越的眼睛一直是闭着的，但中越耳朵里还藏着一双眼睛，一直警醒地一动不动地盯着门。他耳朵里的那双眼睛已经适应了暗夜的树林，所以当台阶上刚响了第一声可疑的窸窣时，他立刻就知道了那不是风，不是水，不是落叶，也不是鸟兽。那是一个人，一个已经走到了他的门前，让他毫无退路的人——他知道最近的邻居也在三五分钟的车程之外。

他轻轻地起了床，打开手机，借着荧光屏上的光亮拨好了911的号码，只要一按发送键就可以了。然后他拿起了床头柜上的那把冰锥，猫腰朝着门走去，把眼睛紧紧地贴在猫眼洞上。这一贴，全身的毛孔顿时刺猬似的耸立了起来——他看见猫眼里装着一只硕大无比玻璃珠似的眼球。两只眼球几乎撞在了一起，中越听见自己的上下排牙齿咯咯地打起架来。

中越猛地拉开了门，门外的人没有防备，一个趔趄跌进来，几乎跌进中越怀里，把他手里的冰锥给撞飞了，当的一声落到地上，溅起一片响亮的嘤嗡。曙色里中越依稀看见是个臃肿肥胖的女人，长衣长裙长头巾。开了灯，才看清女人身上背了一个草编的篓子。女人放下草篓，身子立刻消瘦了起来。中越问："你……你是谁？"女人张了张嘴，刚要说话，却突然弯下腰来，把头埋在两个膝盖之间，惊天动地地咳嗽了起来。女人的咳嗽很干涩，身子在黑衣服里一拱一拱的，如同啄木鸟在敲打着一截枯硬的树干。梆，梆，梆，梆，梆。中越终于听不下去了，就倒了一杯水，递过去。女人一滴不剩地喝了，才将那咳嗽强压下些下去。

女人解下头巾，轻轻甩了一甩，便有些细水珠子溅到了中越的脸上。是露水。女人的脸终于无遮无掩地显露了出来——是一张常年在户外劳作的脸。中越一下子注意到了女人的颧骨和头发。女人的颧骨很高，刀削木刻似的尖利，两侧都是星星点点的太阳斑。女人的头发很长，晒得有些焦黄干枯，编了粗粗一根辫子，一路盘了两圈，还剩了一把梢，掖进了耳后，上面插了小小一朵黄菊。女人一张嘴，露出两排粉红色的牙龈，脸相就渐渐地有些和善起来。

"陈医师，我是尼尔的母亲。这么早来打扰你，是因为我要赶着上班。"

女人的英文不是很灵光，一句话颠颠簸簸地走了千山万水，中越只听懂了"医师""尼尔"和"母亲"三个词，不过这三个词已经基本完成了一整句话的交流功能。这一带的印第安人，管一切与医院医疗略有关联的人都叫医师——这倒和中国有几分相似。中越懒得纠正，捂着嘴打了个哈欠，心想这样的英文做一篇检讨得花多长时间。

女人也不等中越回话，就径自走过去，一把挽起他的袖口，来查看咬伤的地方。纱布很薄，揭开来，露出底下翻起的肉。肉红红地凸起，浸润在一丝黄水里。女人又伸手探了探中越的额头，就骂了一连串"狗屎"。中越不知女人骂的是伤口还是她儿子。

女人从口袋里掏出一个小布袋，从布袋里摸出一把尖草叶子。女人将草叶子团在手心，窸窸窣窣地揉碎了，便有些乳汁似的草浆流了出来。女人将碎草叶子敷在中越的伤口上，中越呜地叫了一声，一把将女人推开了。那火烧盐灼似的疼痛过去后，就有丝丝缕缕的清凉渗了进来，脑子里的那团雾气渐渐散去，神志竟有了几分清朗。

"这是印第安人的草药，叫'松鼠尾巴'，止血消炎，很灵的。"

中越听了，一愣，过了一会儿才醒悟过来女人说的是中文。

"你……你到过中国？"

女人嘎嘎地笑了，牙龈闪闪发光："我从中国来的。我是藏人，汉语说得不溜。"

中越又是一惊。半晌，才问："你来这里多久了？怎么来的？"

女人不答话，却将背篓里的东西一样一样地拿出来，装到中越的冰箱里："素菜和肉菜，我都搭配好了，饭你自己做。一天吃一个饭盒，够吃一个星期。"

都收拾妥了，女人才拿起头巾擦了把脸，说："陈医师，我家尼尔是一个早产儿，生下来只有一磅十盎司，换成中国的算法，也就一斤半。小时候在医院里遭罪太多了，所以就怕见穿白大褂的人。你运气不好，撞上了。"

女人说这话的时候，颊上的雀斑渐渐暗淡了下去，脸上就有了愁容。

"陈医师，我想求你一件事。能不能也教我手语？尼尔开学进语言康复班，老师要用手语辅助教学。尼尔在学校里学了手语，我要是不会，他回家也没有人和他对话。

"两星期，就两星期。等到开学你忙了，我就不麻烦你。

"我给你做饭、洗衣服。我帮不了别的，能帮这个。我九点上班，每天七点来，学一个半小时就好。"

中越叹了一口气，说要学手语，也不是一天两天就能学会的。即使学会了，不长期练习也会生疏。两个星期，只能学个皮毛的皮毛。你真要学，最好是全家一起来，这样能一起练习巩固。

女人点头，说那我带尼尔一起来。

尼尔他爸呢？

女人摇摇头，说就我和尼尔，明天开始。女人的口气很坚决，中越找不着一条缝隙可以插进去一个拒绝的理由。

女人将头巾扎好，就背起草篓起身了。草篓空了，女人的步子一下子就轻快起来。女人走出门来，又回头，说："我叫达娃，中文英文都是这个音。"

中越靠在门上，看着女人渐渐走远，脚踩过落满晨露的青草地，一路都是湿软的鞋印。北方的太阳厚重沉黏，照得女人和树林一片金黄。

小越：

爸爸一直觉得，手语的姿势是最能表达一个人的个性和情绪的。普通的语言在表达的过程中经历了辞藻和语气的污染，具有许多乔装掩饰的成分。可是手语却是从心里直接地赤裸地流出来的，来不及穿上任何衣装。我常常会从手语里看出颜色听出声响。

母亲：右手展开，拇指放在下颌，其他四个指头左右舞动。所有与女性相关的词都要借用这个动作——有点像汉语里的偏旁。

父亲：右手张开，大拇指轻碰额角。所有与男性有关的词，也都要借助这个动作。

达娃坐在门槛上跟中越学手语。

门槛有些湿意，达娃蹬了鞋子，把两只鞋子横铺开一排，请中越坐在上面。门框很窄，中越如果放松地坐下来，就没有达娃的位子了。所以中越让了达娃，自己却坐在了石阶上。台阶也是湿的，中越其实是半蹲着的，屁股并没有着地。这样的姿势他曾经在一些有关陕北苏区生活的旧照片里看见过，那时他绝没想到，他将会在北纬52度线上开始他的第一次拙劣模仿。

他蹲下来的时候，视野里只有达娃的脚。达娃的五个脚趾放肆地张开，像蹒跚行走中的鸭蹼，趾间有些汗味间间歇歇地飘过来。中越的鼻子一牵一牵地痒起来，喷嚏却迟迟未来。夏天在达娃的脚背留下了清晰的印记——裹在鞋子里的那部分是黝黑的，露在鞋子外的那部分更是黝黑，黑得仿佛轻轻一弹，就能弹出一指头的阳光。

　　暑气爬到北纬 52 度，难免有些力不从心，早晚两头，风就带了些丝丝缕缕的凉意。达娃一年到头都裹着头巾，热的时节防晒，冷的时节防寒。中越的视线渐渐抬高，就看到了达娃头巾上的花样——是向日葵。无数焦黄的花瓣紧紧地窒息般地相互簇拥着，仿佛在无望地逃离一样看不见的灾祸。中越注意到了达娃的头巾，是因为这是达娃身上唯一一样带着颜色的物件。当然，达娃的头巾并不是中越视野里的唯一内容。中越眼角的余光里，还看见了尼尔站在十步开外的草地上，用甜草在编绳子。

　　尼尔一直没有和中越说过话——达娃向他招了几次手，他都不肯过来。这样的说法也不完全准确，其实尼尔和中越一直在对话，用他们的方式。他们用眼角的余光，雷达似的相互扫射、寻找、试探、躲闪。

　　早晨：左臂平放，代表土地。右手拇指张开，其余四指并拢，慢慢举起，代表太阳从地上升起。

　　春天：左臂平放，代表土地。左手掌拢成圆圈。右手五指张开，从左手圈里伸出，代表植物破土而出。

达娃的手势笨拙迟疑，仿佛是一头在树林里走失的羔羊，正探头探脑地寻找着出去的路。可是羔羊很快就找着了路，达娃的手渐渐地有了力度。达娃的五指并成拳头的时候，像是紧紧捏了一把雨后的泥土，指缝里流出了肥汁。她张开五指的时候，奋力弹开了手里的泥土，空气中溅满了绿色的水珠，那水珠划过空气的声响是热切的充满渴望的不知疲倦的。

尼尔依旧在编绳子。甜草在指间窸窣地穿行，绳子渐渐地长了，像一条青灰色的蛇，一瘸一瘸地在膝盖上匍匐行走。草编到了尽头，尼尔把两头对在一起，扣了一个死结，就成了一个环。

眼角的余光里，中越看见尼尔把草环往头上一套，朝着达娃慢慢地走过来。走了几步，又迟迟疑疑地停住了。

中越故意打错了一个手势。达娃也跟着错了。

中越看见尼尔又走近了几步，这次，就站在了达娃的身后。

中越又接着打错了一个手势，达娃也跟着错了一次。尼尔哇地吼了一声，从背后攥住了达娃的手指，摁下去，又重新打开。达娃转过身，把尼尔推到中越面前，对中越挤了挤眼睛，说尼尔你去告诉陈医师，他错了。

尼尔看了中越一眼，突然弯下腰，一头朝中越撞了过来。

这次中越早有准备，一把揪住尼尔的衣领，将尼尔仰面朝天地按倒在地上，又将一只膝盖，狠狠地顶在尼尔的胸前。尼尔如同一只被大头针钉在木板上的昆虫，徒劳地挥舞着四肢，嘴里发出咿咿呜呜的呼叫，身子却动弹不得。中越听见身后达娃的脚步声，便头也不回地吼了一声："达娃你给我住嘴，这里没人，你告我也没用。我们讲好了的，你得听我的法子。"

达娃和尼尔同时安静了下来。

中越的膝盖又加了些力气，尼尔如一条摁在锅底的鱼，撇了撇嘴，要哭的样子，却没有眼泪。中越把脸凑得近近的，半是手语半是英文地说："你，敢，再咬人，我就，这样，压你，五天。"

中越松了膝盖，过了半晌，尼尔才站起来，犹犹豫豫地走到了达娃身边，坐下，拿眼睛蔫蔫地探着达娃。达娃不理，却弯腰去草篓里摸索着找了一包烟。撕了封口，捻出一根来，哆哆嗦嗦地竟打不着火。中越扑哧地笑了一声，说至于吗，气成这个样子。你这个儿子，再宠下去就废了，我在为民除害呢。

达娃终于点着了火，抽了一口，立刻喀喀地干咳起来，咳得满眼是泪。中越将达娃手里的烟夺下来，一把扔了，说在孩子面前抽烟，好吗？达娃撩起一角头巾，擦干了眼睛，又去草丛里把烟找了回来，擦也不擦，接茬抽上。

"我不抽，裘伊也得抽。裘伊不抽，别人也得抽。印第安人哪有不抽烟的？冬天这么死长，不抽你试试看，怎么活得下去？"

中越猜想这个裘伊，大概是达娃的男人，就说达娃你明天把裘伊也带来。捣蛋的男孩，老妈心太软，不管用，还得老爹来治。

达娃嘎嘎地笑了起来，声如饿鸦，惊落一团树叶。

你问问镇上的人，我们家到底哪个才是捣蛋的男孩？

小越：

　　爸爸在这里遇见了一个顽强的孩子，他还不到七岁，可是他一生的大部分日子都是在抗争中度过的。其实，他只不过是想在这个世界上活下来，如此而已。

达娃怀尼尔的时候，到了第五个月份，才略微地显了一点腰身。可是过了第五个月份，却就停住了，再也不往上长了。有一天早上起床穿裤子，发现裤腰松了一个扣子，再摸摸肚腹，竟有些平瘪。又想起胎儿这几天分外安静，极少踢蹬。

心里一沉，也顾不上给裘伊打电话，就直接开车去了医院。

谁知进了医院的门，就出不来了。检查结果是胎儿的脐带和胎盘发育异常，非但不能输送养分，反而倒吸营养，所以婴儿越长越小，随时可能导致死胎。医院决定立刻引产。达娃连一件换洗的衣服也没有带，就进了产房。

生下来，洗过，包裹起来，是一块黑红模糊的肉。放到达娃手上，盖不满一只手掌。达娃屏住呼吸，默念了一句"佛祖保佑"，才敢看一眼。还好，四肢五官俱全。脸只有鸡蛋大小，却满是皱纹，皱纹翻动了几下，露出两颗陈豆子似的眼睛，勉强睁了一睁，就合上。嘴里蚊蝇似的哼了两声，算是哭的意思。达娃还来不及数一数手指脚趾，医生已经抱过去，插上氧气，立即送去了保温箱。

一磅十盎司，破了医院二十五年的纪录。

可能心肺发育不全，脑功能受损，视力听力有障碍，骨骼畸形，运动神经损坏。这些症状都是要过一段时间才能确定的。目前的首要问题，是如何帮助他呼吸，预防一切可能的感染。

你听懂了吗？需不需要翻译？

达娃茫然地摇了摇头。医生的英文含混不清，很多地方她没有听懂。可是她不需要完全听懂，她只要听懂其中的任何一句就够了。比如一记重锤已经将人打死了，接下来再挨多少锤都无关紧要了。

　　她在医院的治疗方案上签了字，就和保温箱里的婴儿一起，登上医院的直升机，连夜飞去了离得最近的雷湾市全科医院——当地医院的新生儿设施根本无法应付这样的案例。一上飞机，她就睡了过去。裹在厚厚的毛毯里她舒舒展展地睡了一路，鼾声惊天动地。天悬在头顶的时候，她身上的每一块肌肉每一根神经都紧张着，提防着。现在她的天已经塌下来了，整个地压在她身上，她再也没有可以提防的了。天爷，你看着办吧。这是她坠入黑沉的梦乡之前的最后一个清醒想法。

　　尼尔在雷湾医院最先进的新生儿保温箱里住了五个月。第一场病是黄疸。黄疸刚过，就得了肺炎。肺炎过去了，紧接着是持续不退的湿疹。等到湿疹终于退了，又来了第二场肺炎。一场又一场的病，像一座又一座的山，隔在达娃和尼尔中间。达娃要想抓住儿子，只有不懈地去爬那一座又一座的山。终于有一天，达娃爬不动了。

　　那天医生来查房，给尼尔换一种新药。尼尔手脚上的血管太细，根本无法下针。护士只能在头上下针。尼尔的头上已经有两根针管了，一根是输液的，一根是准备随时抽血输血的。护士选的是最细的针头，勉强找了一个下针的地方。第一针下去，没有找着血管。左捅右捅了半天，只好又换了一个地方。护士每捅一下，尼尔就张张嘴。达娃知道这就是尼尔的哭了——尼尔没有力气发出声音。达娃觉得那根针就在她的心尖上挑来挑去，她的心给挑出了一个洞，针头上挂着她心尖上的肉。气送不上来了，突然间两眼一黑，就什么也看不见了。

过了一会儿才渐渐地复了明，只听见护士说你可以抱他了，就知道是尼尔一天一度离开温箱的"放风"时间了——是半小时。达娃接过尼尔，轻轻地对护士说：我可以和他单独待几分钟吗？护士走开了，带上了门。

达娃把尼尔平平地摊在腿上，她看见了儿子额头上浅浅地埋着的针头，在半明不暗的灯光下发出幽蓝的光。她看见儿子插满了管子的身体如水母在看不见的水中浮游颤抖。她看见儿子豆荚大小的手掌，松松地握着一个拳。她知道他的每一次呼吸都是一场战役，她知道他身上的每一块骨头每一丝肉都在呼喊着疼。别人听不见，她清清楚楚地听见了。那天尼尔头上的那根针仿佛是骆驼背上的最后一根稻草，突然就把她压垮了。她不想爬那些山了。她不想爬的原因不是因为她自己，却是因为尼尔。她知道他爬不动了，她是唯一一个可以解救他的人。

氧气罩。只要取下那个氧气罩。也许五分钟，也许十分钟，他就再也不用去爬那些永远也爬不完的山了。

达娃把嘴贴在了尼尔的耳边。

要不，你就走吧，啊？

达娃的声音极轻，如同清晨树林间生出的第一丝软风，树还没有感觉，只有叶子知道了。达娃说这话的时候，用的是商量的语气。

突然，黑布袋一样的皱纹挪动起来，她看见了他的眼睛。那是她第一次看见他完全张开眼睛。一滴浊黄的眼泪，从左边的眼角滚了下来。她用手背擦去了。又一滴浊黄的眼泪，从右边的眼角滚了下来。

她一下子听懂了他的话。他说：爬山。爬山。再高，也要爬。

达娃伏在儿子身上，泣不成声。

尼尔出院的时候，才刚够五磅。达娃把尼尔装在裹了绒毯的篮子里提回镇上，沿街站了很多人。在白鱼这样的小镇，谁家的猫生了几个崽，全街都知道，更何况是老裘伊生了儿子。篮子从街头传到街尾，尼尔的模样使得最含糊其词的祝福也显得虚假。达娃是从众人的眼睛里看出了叹息的。

作孽呀，这个老裘伊。

达娃猜想这是众人没有说出口的话。

那天裘伊正在酒吧里喝酒。还没到晚饭的时节，酒吧才开门，裘伊刚来得及把高脚凳坐温和。听见街上响动的时候，他才把第一杯生啤喝矮了一小截。他抓起杯沿上的那片柠檬含在嘴里，就匆匆地跑到了街上。当篮子递到他手里时，他愣了一愣。雷湾的医院，说远也远，说近也近，坐灰狗汽车，也得坐上几个钟点。达娃住院，他去过两次。一次是尼尔刚出生的时候，另一次是两个月之前。虽然隔了一些时日，他的骨血，他终究是认得的。午后的太阳很重，压得孩子的眼皮一颤一颤的，模样虽丑，却是一种让人心软的丑。其实在那一刻，裘伊是真心想做一个好父亲的，只是后来，他还是管不住自己。

在那以后的几年里，达娃和尼尔依旧持恒地爬山。大大小小的山，渐渐都被他们甩在了身后。只剩了最后一座山，横亘在他们面前，上接着天下连着地，他们似乎是爬不过去了。

这座山的名字叫失聪。

小越：

今天爸爸才听说那个丧失了听力的孩子为什么会叫尼尔。尼尔姓马斯。尼尔·马斯这个名字其实是他母亲取了来哄哄洋人的，真正的意义只有他母亲知道。当你把这个名字用带些省略的快语速念出来的时候，就成了尼玛。尼玛是藏人常见的名字，是太阳的意思。尼尔的母亲是藏人，在青海汉藏混居的一个地区出生长大。关于她如何来到加拿大这个偏僻的小镇，相信是一个很离奇的故事，只是她还不肯告诉我。她的名字叫雪儿达娃，翻译成汉语，就是蓝色月亮的意思。一个叫月亮的母亲，给自己的儿子起名叫太阳，我想她对他是抱了许多希望的。只是这样的一个名字，落在这样的一个孩子身上，似乎有些残酷。

九月说来就来了，正午还有几分夏天的感觉，早晚两头，却很是有些秋意了。这是开学前的最后一个周末。苏屋瞭望台是方圆几百里最大的镇，镇上那家百货商场，也是方圆几百里最大的商场。这个周末，商场就有些拥挤起来——四乡的父母，都赶过来给子女置办新学期需要的用具。达娃不用赶着去上班，就把尼尔扔在中越家里，自己开车去了商场给尼尔购物。

中越看着达娃的车扬起一路尘土，跌跌撞撞地消失在沙石路的尽头，就蹲下来，对尼尔比画着说："管你的人，走了，你是想，学习，还是玩？"

尼尔不说话，泥塑似的脸却裂开了，露出两排灰暗的牙齿。中越猜想这大概就是尼尔的笑了，就把尼尔塞进车里，开去了街角的杂货铺。

杂货铺的老板娘已经认得中越了，老远就扬着嗓子喊：啊宁宁。中越知道这是乌吉布维印第安人问安的话，便也回了一句"啊宁宁"。老板娘问要些什么。中越说一筒脱脂牛奶，一卷麻绳。老板娘麻利地装好了袋子，中越迟疑了一下，又说来盒烟，当地产的那种。老板娘捂着嘴笑，说你也学会了。这里产的烟草是安神的，比你们多伦多的，又不知便宜多少呢。都装好了，收了钱，老板娘又问你在教老裘伊的婆娘读书？中越说不是读书，是教手语，打手势的话。裘伊家在白鱼镇，你怎么也认得？老板娘的笑就有些暧昧起来："四乡八邻的，谁不知道裘伊家的那点臭事？"中越赶紧竖起一根手指放在唇上，嘘了一声，老板娘这才看见了站在角落里的尼尔。叹了一口气，说这就是那个聋子？他哪里听得见啊。便从柜台上拿了一小包巧克力糖豆，塞到尼尔的手上。

中越领着尼尔走到门口，又被老板娘叫了回去。老板娘看着中越，摇着头，半晌才说，那个裘伊，喝了酒就是个混球，你小心他。尼尔上了车，撕了口袋就掏糖豆吃。刚吃了一颗，突然就一口吐了。又摇下车窗，将那一整包都扔了出去。中越看了，心里一动，暗想这孩子其实是个明白人，耳聋不过是层油纸，蒙住了心。剥了那层油纸，里头却是一片明镜呢。

中越买绳子，是为了放风筝的。中越的风筝很旧了，是临出国那年在一个庙会上买的。是一只燕子，黑身红喙红眼睛，尾巴上缀着长长一串的彩纸。绳断了，一直没接上。绳是几年前他带小越去多伦多中央岛过风筝节的时候，挂在树上扯断的。他费了好大的劲，才把风筝从树上取下来。那天小越哭得昏天黑地，他至今记得小越坠在他背上的重量，和她把眼泪鼻涕一把一把地抹在他脖子上的湿润感觉。不知现在小越还放风筝不？是不是跟那个姓项的去的？

姓项的是潇潇的同事，老婆在国内，据说正在办离婚手续。那人对潇潇上心，大概也不是一天两天的事了。潇潇对他，倒是冷一阵热一阵，一直打不定主意。不过那是前一阵子的旧闻了。现在小越来电子邮件，常常提起项叔叔，大约那人对小越，也很是上了心的——自然是因为潇潇的缘故。中越只觉得小越如同那只风筝，遥遥地挂在姓项的那棵树上。绳子虽然还在自己手里，却扯也不是，不扯也不是。若硬扯起来，绳子断了，小越就一辈子挂在了那棵树上。若不扯，眼看着女儿离自己越来越远了，心里总是不甘。便想着今晚无论如何要给潇潇打电话，说定带小越来苏屋瞭望台过圣诞节的事。前几次说起这事，潇潇总是含糊其词——大约姓项的早已有了过节的安排。可是今天他只对她说最后一次了，她答应也好，不答应也好，到时他就要开车去多伦多接小越。

天是个好天。站在坡上看天，和平地上就很有些不同。那一片晴空，像是一匹硕大的蓝布，将地将坡将湖都紧紧罩住了，紧得透不过一丝气。只有偶尔飘过的几片薄云，才将那匹蓝布铰开些细细的缝隙。风从缺口流进来，风筝就飞了起来。中越手里的麻绳越来越短了，燕子仿佛驮在了云上。

尼尔跟在中越身后跑，气渐渐地跑短了，嘴里却含糊不清地叫着：鸟，鸟。中越突然停了下来——他想起这是尼尔第一次开口和自己说话。中越从口袋里掏出一张纸，写了大大的一个"kite(风筝)"，放到尼尔眼前，说那不是鸟，是风筝。你说一遍："Kite"。尼尔低头看着脚上的鞋，却不说话。中越抬起尼尔的下颌，说尼尔你想放那只鸟吗？尼尔顿了一顿，终于点了点头。中越扬了扬手里的绳子："你说十遍'kite'，我就让你放鸟。"

中越说完，也不等尼尔回话，扯了风筝就走。他不用回头，就知道尼尔跌跌撞撞地跟上来了。

中越蹲下来，把绳子绕在尼尔的食指上，又将尼尔驮了起来，沿着企鹅湖狂奔。风在耳边呼呼地飞过，野鹅成群惊起，呱呱地在湖上盘旋。中越的耳朵尖尖地竖着，风声鹅声渐渐隐去，他只听见了尼尔撕裂了的呼喊。

Kite. Kite. Kite. Kite. Kite. Kite. Kite ...

那天尼尔喊了几十遍"kite"。那些叫喊声震得中越的耳膜嘤嗡生响，最后中越只好把他放下来，说你现在可以闭嘴了。尼尔声嘶力竭地站到地上，突然将风筝往中越手里一丢，朝着林子深处飞奔而去。

中越追过去，只见尼尔跑到一棵大树下，拉开裤链，掏出伙计来，朝着树干就尿了起来。中越听着那水声，一丝尖锐的尿意从小腹之下涌了上来，便将风筝拴在一块石头上，也拉开裤链，学着尼尔的样子撒了起来。都是隔了夜的长尿，一股高，一股低，一股粗，一股细，哗哗的声响中，荡漾起一片温热的臊味。许久，水声才渐渐地低矮了下去。中越抖干净了，只觉得一腔的抑郁都随着一泡臊尿流走了，全身每一个毛孔都恣意地张开着，吸着清风吸着阳光，有说不出来的惬意。

两人拉好了裤子，走出林子，风筝一瘸一瘸地在地上拖沓着。站在坡上望过去，沙土路的尽头，出现了一个缓缓移动的黄点。尼尔说妈妈，来了。中越说你见了妈妈，说什么？尼尔想了一想，突然指了指中越的裤裆，又指了指自己的裤裆，说："你，大。我，小。"中越怔了一怔，才明白过来，忍不住哈哈大笑起来。尼尔见中越笑，便也跟着笑。那笑声如同雪球越滚越大，大得两人都背不动了，就精疲力竭地摊开手脚，躺在草地上晒太阳。

中越眯了一会儿眼睛，突然觉得脸上盖了一团乌云。睁开眼，看见了一抹黑色的裙裾在眼角抖动。再顺着看上去，才看清是达娃坐在身边的树桩上。达娃戴了一副特大的墨镜，几乎遮了半张脸。那遮不住的地方，隐隐地露着一角瘀青。那瘀青之上，又湿湿的有些泪痕。就吃了一大惊，呼地坐了起来，问怎么啦，你？达娃说没什么，摔了一跤。中越沉吟半晌，突然吼了一声，他打的，是不是？你别跟我撒谎。达娃扯过一角头巾，擦净了脸，半晌才说：你也不用大惊小怪的，这地方比不得城里，你要都管闲事，是管不过来的。中越绷紧了脸，说我管不过来，社会服务部总是管得过来的。

达娃一听，脸都白了，再开口时，声音就从中间劈裂了："他们要是带走尼尔，我就剁了你，看我敢不敢。"

中越叹了一口气，说达娃你是法盲还是怎么的？也就敢跟我狠。社会服务部要来人，也是带走他，凭什么要带走尼尔？达娃的语气才渐渐地松软了下来，说陈医师这事你别管。我是高兴呢，我从来没见尼尔这样笑过，我以为他生来就不会笑。中越说这也值得你哭？你爱看他笑，你就得找法子让他笑。达娃怔了一怔，半晌才说陈医师我们尼尔要早遇到你，哪还会是今天这个样子呢。

陈医师你有孩子吗？达娃问。

中越不由得，就想起许多烦恼事来。原以为那一摊的烦恼事都扔在了多伦多，没想到轻轻的一句话就全钩到了眼前。那一片朗朗的好心境，突然就阴暗了下来。

我女儿，咳，不说她。

尼尔从地上爬起来，猴似的黏在达娃身上，要翻达娃的背篓，看买了些什么。背篓里是一个印着《哈利·波特》剧照的午餐盒，一双新球鞋和几支带了篮球橡皮头的铅笔——都是开学用的。尼尔欢天喜地地试着新鞋子，达娃就盯着孩子问：今天和陈医师，学了些什么？

尼尔看了看中越，中越说孩子明天就要上课，要紧张一个学期的，不如让他痛痛快快玩一天。开了学，我每周一的下午都要去白鱼学校培训老师。培训完了，可以留下来给尼尔补课，今天就放他一马。

尼尔见达娃没有追问他功课，猜着是肯放他假的意思，就涎皮涎脸地趴在中越耳边，咿里呜噜地说了一句话。中越没听明白，让再说一遍。说了，还是没听明白。达娃就笑，说他的话，也就我听得懂。他说要带你去认草药——太阳从西边出来了，我这个儿子还没有对谁这么款待过呢。

"尼尔他爷爷是部落里的医师。不是西医，是草药医师。他们印第安人，除了急症，还是信草药的。医师是祖祖辈辈相传的。尼尔小的时候，他爷爷带他采过药。"

"那尼尔他爸，也是医师？"

达娃不答，只一味地催尼尔走。尼尔走了几步，又停下，看着达娃，嘴里咿咿呜呜地嘟囔着，却不肯走了。达娃骂了句败家子呀你，便跑去车里，把那双新买的球鞋拿出来，扔给尼尔。尼尔换上了，三人才上了路。

下了坡，顺着企鹅湖走，沿岸到处都是野鹅。尼尔折了一根树枝当鞭子，左抽一鞭，右抽一鞭，抽得一路鸡飞狗跳的。中越就笑，说聋子也有聋子的好处，不怕吵。

正午的阳光照得湖滩一片花白，风过处，就有了落叶。

叶子轻轻软软地躺在风里，半晌也不肯落地。达娃弯腰捡了一块石头，放到中越手里。中越看了一眼，才看出原来是鹅蛋。个头比寻常的鸡蛋大了许多，蛋壳白里透红，捏在手心微微地还有些温热——大约是刚下的。问能吃吗。达娃说可比鸡蛋香呢。中越说那我也捡几个。达娃把手指放在嘴里，打了个响亮的呼哨，招呼尼尔过来。扯下头巾，把四个角结扎在一起，做了一个布兜，让尼尔提着去捡鹅蛋。

一会儿工夫，尼尔就捡了大半兜。中越说够了够了，就接了兜子过来，要提着走。达娃不走，却在路边找了棵树，那树身有个洞——大约有鸟儿在那里筑过巢。达娃把布兜塞进树洞里，又找了几块大些的卵石，沿着树根围了一圈："原路走回来，记得这棵树就是了——这么重的东西，提着它做什么？路还远着呢。"中越不觉得，就笑出声来，心想城里住久了，人还真是住傻了。

走着走着，路就分了岔，一条依旧沿着湖，另一条就拐进了林子。达娃挑的是进树林的那条路。

"离大路近的地方，药性就差——行人汽车都是污染。"

路开始变窄了，渐渐地，只剩了一条小径，蛇一样地在树和树之间穿行。脚踩在隔年的落叶上，发出空空的回声。树木越发地粗大密集了，枝丫搭着枝丫，遮天盖地的。抬头看天，阳光不再成片，却被树剪成丝丝缕缕的带子，在枝叶之间垂挂下来，照得地上斑斑点点地泛黄，不像是正午，却更像是黄昏。林子深处有一只啄木鸟在啄着树干。树干很硬，那笃笃的声响仿佛是夜半敲更的竹梆，响了很久，丝毫没有倦怠疲软的样子，一下一下地敲在人的脑壳上，头皮就紧了起来。中越忍不住捡了块碎石扔过去，梆声戛然而止，一阵翅膀的扑扇，枝叶窸窣地落了一地。

达娃和尼尔几乎是同时停住了脚步的。

在两棵粗壮的雪杉树之间，他们发现了一朵粉红色的花。花只有指甲盖大小，花瓣短且小，花蕊却极大，深棕色，长着小刺。尼尔跪下来，拨开周边的野草，花茎渐渐地显露直立起来，竟有半人高。顺着茎，又找着了更多的花。

"这是蔷薇果，维生素含量高。拿来做成茶叶，也治便秘。只是，一定要把刺都清理干净。不然的话……"达娃顿了一顿，却不说了。中越问不然怎么着，一连问了几遍，达娃才说要不然下面的那个眼堵住了，扒起来可难了。尼尔把屁股高高地撅起来，用手指了指，含混地说屁，屁，堵。达娃嘎嘎地笑了，说你个小屁孩，该让你听的你听不见，没想让你听的你倒什么都听见了。

"他不是听见的，是看见的。尼尔读唇形的能力很强。

以后说话要站在他正跟前，脸和他的视线平行，慢慢减少使用手势。"

尼尔捏了一朵花就要摘，却被达娃拦住了。达娃从背篓里拿出一个小布袋，从里边抓出一把烟丝，恭恭敬敬地撒在地上。闭了眼，双手合十，默默地念叨了几句话。睁开眼，才挥了挥手，叫尼尔去摘。

"印第安人敬地母，从不糟蹋地产，拿了一草一木都要有个名目。拿了，也不能白拿，要献上谢物。"

中越从达娃的布袋里也抓了一小把烟丝，照着样子撒在地上，嘴里念念有词："地母你什么都知道，跟你撒谎也没用。有个远方来的汉人摘了花，就是一个好奇。至少现在没有便秘，将来再说将来。"达娃又是嘎嘎地笑，说陈医师你可真逗，你老婆可不得让你乐死。

尼尔采了满满一把蔷薇果，扔在达娃的背篓里，又一个人往前走去。一刻钟的工夫，回来了，手里抓着一把箕草。达娃将根茎上的泥土抖净了，把草铺在掌上让中越看。草极是细软，茎上微微地泛着红，在风里抖抖簌簌地支不起身子。

"这叫处女毛，治伤风感冒，也下石，肾结石的石。"

中越唰地跳出两步，甩了甩手，说这个名字不好，让人想起官场搞腐败。我宁愿得结石，这玩意儿哪消受得起。两人又是呵呵地笑。

三人又找了几样花草，就到了一片开阔之地。依旧有树，树也依旧粗大，只是突然都没有了叶子，光秃秃的再无遮挡。正午的阳光洪水似的奔泄下来，照着年代久远的树干，一棵又一棵遥遥相立，树身上焦黑的疤痕如巨蟒层层缠绕至树顶。地是凹凸不平的，地面上斑驳地裸露着一些草根，如暗淡的血管，在一片垂老的失去了劲道的胸脯上有气无力地延伸。中越猜想这片地是雷电山火烧焚过的。从满目苍翠到遍地焦土，竟然只有一步之隔，毫无层次过渡。一步之外是葱郁的生，一步之内是荒瘠的死，却都是一样的触目惊心。

抬头看天，瓦蓝的一片像是一个大井口，细若发丝的云飘过，是追也追不着的另外一个世界。井如此地深，中越觉得三生三世也爬不到井外的那个天地了，就忍不住两手拢了嘴，仰天大吼了起来。

噢……噢……噢……

吼声还没有达到井口，就被井壁吞食了，嚼碎了又吐出来，嘤嘤嗡嗡地就不是原来的那个调了。

中越吼完了，就有些赧然，讪讪地对达娃说，我老家在南方，人多地挤，和邻居挨得特别近。从小到大，吃饭得小声，怕隔壁听见你吃什么。上厕所得小声，怕隔壁听见你拉什么。

说话得小声，怕隔壁听见你说什么。所以一到了地广人稀的北方，忍不住就想吼两声解气。

达娃说吼吧吼吧，你可劲吼吧，没人管你。尼尔是个聋子，不怕你吵。我们藏人最爱吼的，看谁吼得过谁。

中越果真又拢了嘴，憋足了劲，这一回却吼不动了，若漏了气的车胎，竟不成声。达娃捧腹大笑。中越说你笑什么，你吼一个我听听。算了，你也别吼了，干脆唱个歌吧。那个李什么，唱的那个青藏高原，那才他妈的叫歌。

达娃撇了撇嘴，说那是汉人的唱法，真正的藏人，可不是那个样子的。中越说好，好，那你就来个防伪版本的。达娃推辞了半天，说多少年不唱了，终于给缠不过，只好勉强唱了一个。

达娃的歌是用藏语唱的，中越听不懂，只觉得那曲调全不如寻常的藏歌那样激越高昂，反倒是低低款款的，如江南的小桥流水，偶尔流过几块石头，翻出一两个水花来——也是轻软的。用唱来形容达娃的歌实在有些夸张，其实至多也就是哼——一半用鼻子一半用喉咙的那种哼法。中越说怎么那么缠绵，是不是情歌呀，你给翻译翻译。达娃竟有些扭捏，脸儿红红的，说翻不出来。中越说翻个大意就好，用不着一字一句的。

达娃想了半天，才勉强翻了几句：

水要再不舀，就流过去了。

花要再不摘，春就走了。

歌要再不唱，人就老了。[①]

中越拍着巴掌，说就是就是，达娃你要是不想老，就赶紧唱——再来一个过瘾的，大大嗓门的，才旦卓玛那样的。

达娃把脸久久地捂在手掌里，突然间倏地站起来，开口就唱，把中越吓了一跳。歌是汉语的，曲调尖锐如刀，一下子挑开了耳膜，直直地捅在人的心上，挑啊挑的，心就是千疮百孔的了。

鹰在山顶上飞呀，

是因为找不到一块落脚的石头。

云在天上飘呀，

是因为找不到一片下雨的地。

人在马背上走呀，

---

① 歌词大意来自苗族民歌，见新西兰作家胡仄佳的《梦回黔山》。

是因为找不到一条回家的路。

苦哟，苦。

……

中越看见尼尔愣愣地站着，一动不动地盯着达娃的嘴唇，手里的野花丢了一地。泥塑一样的脸上，双眸如千年雪山的融水，乌黑清亮地倒映着日月星辰。中越知道，有一个懵懂的东西第一次被惊动了。

那个东西是灵魂。

那晚送走达娃母子，中越竟毫无睡意。月色穿过竹帘的缝隙，爬在他的眼皮上，留下一条条白色的纹。他闭上眼睛，就看见了小时候家门前的那条青石板路。路蛇一样地蜿蜒，一直爬到江边。在没有见过多少世面的南方小城里，江的概念其实也就一条略微大一些的河。河水是浊黄的，机帆船驶过，翻滚的水面上泛上一些菜叶泥沙和动物尸体。夏日的正午，他和哥哥穿着木屐，几乎赤身裸体地跑到河边，爬上任何一条栖在岸边的船，再从船头咚的一声跳进水里。水砸开一个小洞，立刻吞没了他们泥鳅一样黝黑的身体。事隔数十年，他清晰地记起了青石板路的花纹颜色走向，和木屐敲打在石头上发出的脆响。

他知道，是达娃歌里的那匹马，在牵着他一步一步地回乡。

黎明时分，他被屋顶上一阵窸窣的声响惊醒，才知道自己不知何时已经睡着了。他拿着特大号手电筒冲着天窗照去，依稀看见一个黑影一晃而过。浣熊。他知道他的屋顶上有一个浣熊窝。明天去镇里的家居用品店买一把梯子，一定要在入冬之前把那个贼窝端了。他想。

小越：

　　尼尔对音乐有着过人的领悟。听力正常的人是要依赖音乐的形式和包装来进入核心内容的，可是尼尔跳过了那些花花草草的东西，直接进入了音乐的骨髓——节奏。我想尼尔是可以成为一个杰出的鼓手的。印第安人的那种兽皮大鼓，是完全靠节奏掌握鼓点的。只是可惜，印第安人的职业基本是代代相传的。假如尼尔长大后仍然留在部落里生活，而不是像许多年青人那样离开小镇到大城市去，他最有可能成为一个草药医师，和他的父辈一样。当然前提是他能平平安安地长大。

老裘伊其实并不老，满打满算，也才三十八岁。可是老裘伊的名号，却已经有了十数年的历史。

老裘伊之所以被称为老裘伊，有两个原因。

一是因为长相。老裘伊二十八岁那年就开始谢顶，到了三十五岁左右，头发基本上谢光了，只剩了稀稀一圈的黄毛。

二是因为资历。这里说的资历是指进进出出拘留所的那种资历。老裘伊总共进去过三次。第一次是因为斗殴，第二次是因为砸车玻璃，第三次是因为偷杂货店的报纸。每一次都是关了几天就放出来监外执行，可是一来二去的，就积攒了厚厚的案底。用一句时髦的中国话来形容，老裘伊是个上过山的人。

实际上他还犯过许多其他案子，只是侥幸没有被抓住过而已。老裘伊犯的都是些小案子，大多是偷鸡摸狗之类的，几乎上不得台盘，极偶尔才有一两起略微惊心动魄些的。而且每一次犯案，都有一个公约数——都是在酒后。

在十数年前，当老裘伊还没有被叫作老裘伊的时候，他也就是一个普普通通规规矩矩彬彬有礼甚至有些害羞的年青人。那时候他正跟随着他爹认真地发掘着世上一切草药的功能效果，时刻准备着接过他爹的药包，成为镇里的草药师。他的生活轨迹本来完全可以按着他爹他爷爷和他爷爷的爹他爷爷的爷爷那样，按部就班地走下去的。可是他偏偏一脚踩偏了，跌进了深不见底的酒窖子里，所有后来的故事，就都从这一脚开始改写了——那是后话。

老裘伊不是纯正的印第安人，老裘伊的身世很杂。老裘伊的祖上有过爱尔兰血统、法国血统、英国血统和荷兰血统。几乎所有征服过北美新大陆的欧洲探险家，都和他们的祖先有过那么一手。所以老裘伊有浅棕色的头发（在他还有头发的时候）、线条分明的五官、微微泛蓝的眼珠和高挺的鼻梁。所以当那个叫雪儿达娃的年青藏族女人在青海塔尔寺第一次见到他的时候，就认定了他是白人。至于他比白人略深一些的肤色，她则理解为是高原紫外线的功效。

那个叫达娃的女人已经数不清来过塔尔寺多少次了。她熟悉每一个寺院、每一座佛像，甚至每一级石阶和门槛。她可以在寺院和寺院之间的石子小径上母鹿一样轻巧地穿行，随意推开一扇不起眼的边门，借助一两盏酥油灯的引领，暂过曲折幽暗的窄小通道，准确无误地进入寺院的正殿。

那时她早已从旅游学校毕业，做了几年的导游，她带团的主要景点就是塔尔寺。不过那个秋天的下午她站在大金瓦殿的门外，仰望冬雪来临之前最后的一缕温热阳光时，她并不是一名导游。那天她是作为一名游客来的。

　　从外表来看，她和她那个年纪上的藏族女人没有什么差别。略微高削的颧骨，带着高原阳光的肤色，鼻翼两侧紫外线烧灼留下的雀斑，微笑时露出来的粉红色牙龈，色彩艳丽的藏袍，编着银饰的叮当作响的长辫子。只有当她撩起藏袍的下摆，跨过高高的金瓦殿门槛，在佛祖的塑像前长跪不起的时候，才让人依稀感觉了与她的年龄并不相称的沧桑。

　　达娃没有跪在殿正中为游客准备的那张地毯上，而是跪在殿西角一个幽暗的角落里。酥油灯的光亮照到那样的角落，就很是稀薄了，把她的身影模糊地涂在墙上，像是年代久远的积尘。她的藏袍下摆沾了一层薄薄的灰土和破碎的蜘蛛网。她抬头仰望佛祖像，看不见佛祖的脸，却只看见了佛祖塑过金的圆润脚趾。她以佛祖的脚趾为计，一遍又一遍地默念着两个名字。

　　格桑旺堆。王哲仁。

　　格桑旺堆。王哲仁。

　　格桑旺堆。王哲仁。

　　格桑旺堆是达娃的第一男人。两人是旅游学校的同学，毕业后又都在同一家旅游公司供职，跑的也是同一条线——塔尔寺日月山和青海湖。旺堆跑单周，达娃跑双周。他们是在毕业后第三年的九月份领取结婚证的，原本准备在那年的国庆节办喜事。那张鲜红色的结婚证后来一直躺在达娃的抽屉里没有派上任何用场，因为旺堆一直没有当成新郎。旺堆的旅游车是在去日月山的途中失事的，车的残骸很快就找着了，车里却没有旺堆。过了好几天人们才在倒淌河边找到了他的尸体。至于他的尸体为何离他的车那么远，公安局做过多次调查，终于不了了之。而达娃做了十一天纸上新娘，就守了寡。

达娃的第二个男人叫王哲仁，是个汉人，在青海大学教书，研究少数民族风俗。王哲仁是达娃旅游团里的客人，跟着达娃走了一遍青海湖，听达娃唱了一路的歌，就喜欢上了达娃，穷追不舍。达娃从小在藏汉混合的学校里读书，周围也有一些藏汉通婚的朋友熟人，所以达娃倒是不怕和汉人结婚的。只是有过了前面一次的经历，听到"结婚"两个字，就难免有些胆战心惊。一直到领了结婚证，也没有和王哲仁说起过旺堆。没想到婚宴上，有人喝醉了酒，竟把王哲仁叫成旺堆。王哲仁当时撑住了，回到洞房，就生了气。读过书的汉人即使是生气，也是温文的。"我不在乎你的过去，可是我在乎你对我不诚实。"王哲仁对达娃说完这句话，就和衣睡下了——睡在了床那头。天亮时达娃在浓烈的尿臊味中醒来，发现床单是湿的，王哲仁的身体已经凉了。后来法医鉴定是突发性心脏病。

于是，雪儿达娃在她二十六岁的那一年，还来不及退下眼角眉梢的全部稚气，就守了第二次寡。

一、二、三……

达娃把佛祖的脚趾数过了十遍，就知道她已经把那两个名字在舌尖上滚过了一百次。这才将头低低地俯在地上，轻声说：

"佛祖，求你引领他们，走到那个平安祥和光明之地。"

她闻到了鼻孔嘴唇上尘土的陈腐味道，眼睛生疼，却不是因为眼泪。眼泪浅浅地躺在她那布满石头的生命河床上，还来不及流出，就已经枯涸。她不用照镜子，就看见了那些枯涸之水在她的额角留下的龟裂纹路。那天她异常清晰地听见了青春的花叶在自己身上缩卷枯萎的声响。

她缓缓地站起来，朝殿外走去。灰尘从衣裙上坠落，在殿堂斑驳的日照里纷扬。秋阳如刀，刺得她不得不闭上了眼睛。一片黑暗中她看见金色的星星在翻舞，身子一歪，几乎跌倒。这时有一样东西突然横在了她的腰上。过了一会儿，她才感觉出来温暖和力量。那是一只手臂，一只男人的手臂。

那只手臂扶着她跨出金瓦殿的门槛，慢慢地来到路边，坐下。

达娃看见了一张脸，一张长着棕黄色卷发有着高原般健康肤色的脸。

"对不起，我……太久了。"

达娃在旅游学校里学过几个学期的英文，后来一直带国内的旅游团，没有机会接待外宾，那些英文就渐渐地在肚子里腐烂了。此刻她在极其有限的剩余记忆里横挑竖翻，却始终找不到那个"跪"字。在接近于永恒的迟疑中，那个年青的洋人终于接过了她的话头。

"你好，我叫裘伊，加拿大人。"

洋人说的是中文，可是洋人的中文语调很怪，听起来几乎不像是中文。

"你喜欢，塔尔寺吗？"达娃这样问洋人。其实达娃根本不想问这种接近于小儿科水准的问题，可是此刻达娃的英文库存里却只剩了这句话。她别无选择。

那个叫裘伊的男人点了点头，又摇了摇头，眼睛里蓄了两汪大洋的话，流出来的却只有一脸的傻笑。裘伊的中文和达娃的英文同时遭遇了瓶颈，两人近近地坐在路边，在几乎绝望中暗暗期待着一个意外的突破。

午后的阳光有了重量，寺院和山的轮廓渐渐地厚了起来。一群衣裳褴褛的女人，正一步一步地跪爬在通往塔尔寺的路途上。远远地看过去，她们像是一群被蚂蚁驮动着的泥块。寺院墙下，有一个小沙弥正撩起下摆对着墙角方便，袈裟如血，触目惊心地涂溅在高低不平的黄土墙上。

裘伊突然从背包里拿出一本英汉双解字典，递给达娃，又从口袋里掏出一个小本子，工工整整地写下了一句英文，撕给达娃。达娃查着字典，猜出了裘伊的话。

"我不是来观光的。我来学习，学藏药。"

达娃也回了一句话，是中文。撕了，递给裘伊。裘伊翻着字典，猜出了达娃的意思。

"你学藏药，为什么？"

"藏药和我们的草药有相通之处。"

瓶颈裂了，水艰难地流了出来。两人同时被这种奇异的交流方式激动得满脸通红，本子一页一页地薄了下去。

"我到这里找一个医生，找了三天，没找到。"

"谁？"

这一次裘伊写的是中文，这个名字他已经熟记在心，也写得滚瓜烂熟。

"穆赤活佛。"

达娃失声大笑。穆赤活佛是塔尔寺医院的名医，达娃带过医疗部门的旅游团，多次参观过医院。来来去去的，就和穆赤活佛成了朋友。

达娃抢过裘伊的本子，写下了："穆赤活佛是个大忙人，没有人预约引见，你不可能见到他。"

她看见失望如带着雨的阴云渐渐爬满了裘伊的脸，也不理他，却拿出手机，拨了几通电话。放下电话，就伸出四个指头，在裘伊眼前晃了几晃，说：下午四点，穆赤活佛接见。

裘伊一下子听懂了，确切地说，是裘伊一下子悟觉了。他愣了一愣，突然紧紧拥抱住达娃。达娃只觉得满身满脸都贴满了人眼，头轰地一热，便猜到是脸红了。一时不知该不该把他推开，身子便一寸一寸地僵了上来。

那天下午达娃带着裘伊准时去了穆赤活佛的住处。伺童迎出，说活佛正在打坐诵经。达娃示意裘伊把身上的背包交给伺童收好，脱了鞋，举了黄白蓝三色的哈达站在门外屏息静候。院落极是安静，风过无言，连落叶滚过地面的声响也是小心翼翼的。过了一会儿，屋里有了些细微的动静，伺童开门请进。两人进了暖阁，只见一盏硕大的酥油灯，照见了屋正中一个壮年男子，红黄相间的袈裟映得一室生辉。男子双手合十，神情祥和睿智，面容灿若莲花，仿佛身居世中，心处世外。

裘伊深深鞠了一躬，献上了哈达。活佛伸出手来，为裘伊摩顶祝福。裘伊取下手上的一个铜圈，放在活佛面前，祈求开光——自然是达娃教的。极为简短的相互问候之后，两人马上进入了英文交谈。活佛的英文极是流畅，达娃听不懂。语言的门关上了，达娃留在了门外。可是感觉的门却大大地开了，浑身上下每一根神经都兴奋警醒着，伸出无数的触角，柔软敏锐地抚摸着门里的精彩。她只觉得那两个低沉的声音如两股宁静的山泉，在松林之间交融汇合，偶尔溅起几朵低低的水花。又如蜜蜂在开满油菜花的田野上嘤嗡地扇动着翅膀，视野里到处都是蜜一样的金黄。

在那一刻，达娃彻底忘却了旺堆和王哲仁。

离开活佛住处时，已是黄昏。晚霞如山，压矮了大小金瓦殿。游人渐渐散去，秋风夹带着沙石从树林走过，空气里已经有了霜的湿意。

裘伊把开过光的铜圈摘下来，戴在达娃的手上。铜圈很旧了，接口处雕着一只花纹几乎磨平了的鹰，从鹰的翅膀里达娃猜到了风。她贴身佩带的一把小巧的藏刀柄上，刻的也是这样一只雄鹰。那一刻她的心暖了一暖——他和她一样，也是喜欢鹰的。可是她说不出她的感受，她的英文实在不够用，她只能掏出她的小刀，把他的鹰放在她的鹰旁边，拼命地点头微笑。后来当她终于知道了一些他的身世背景时，才明白了其实他和她的民族，都和鹰有着不解之缘。

"可以告诉我你的地址吗？"

这是裘伊在本子的最后一页纸上写的话。撕下这页纸，他和她将各奔东西。她接待过很多旅游团，也给很多人留过地址。那只是离别时一瞬间的感动，没有人能把这样稀薄的感动演绎成横贯一生的纽带。她不指望他。他也不指望她。可是他们之间毕竟有过这一张薄薄的纸，总好过一无所有。

她看着他飞跑着去追赶下山的最后一趟车，高瘦的身影如鸵鸟般一拱一拱地消失在渐渐浓重起来的暮色里，心想这大概也就是一个故事，一个有点意思的小故事。故事每天都有，如云彩飘进飘出她生活的天幕。可是故事至多只是生活的背景而不是生活本身，她的生活不会因为故事而发生改变。

然而她还是无法抑制地期待着他的来信。

信终于来了，是在两个月以后，当她几乎已经放弃了等待的时候。

信不长，讲了他的旅途，也讲了他学到的新药理药方。她回了，也很简单，讲了她的工作。她的简单倒也不完全因为是英文的关系，那时她的生活内容的确空洞至极。后来信就渐渐地长了，也频繁了起来，开始触及一些工作学习之外的灰色地带。自从开始和他通信以来，她就开始留意各种版本的英文字典和世界地图。

后来，在其中的一封信里，他小心翼翼地提到了：你愿意来加拿大和我一起生活吗？她猜想这就是他的求婚了。她很高兴他没有说出"结婚"两个字，也庆幸她拙劣的英文和他拙劣的中文使她避免了向他解释她的过去的必要。她虽然是个极有力气的女人，可她的力气却只够背负一个王哲仁。多年之后回想起那一段日子，迷惑如云雾渐渐散去，真相如山峦渐渐凸现出来，她才明白，她是为了省心才嫁给裘伊的。只是她当时没有想到，她为了省几句话，却搭上了一生。

当她把那封写着"我愿意"的信贴上越洋邮票投入邮筒的时候，她突然想起了一句话。那是一年前，她带了一个机关干部团去青海湖旅游。刚把游客带到湖边，天就下起了大雨。湖边无遮无盖，游客纷纷狂跑回旅游车避雨。她跑得慢，落在了最后，只好躲进街边一家礼品店。店里只有一位僧人，也在避雨。当僧人转过身来时，她两腿一矮，心噌的一声浮到了喉咙口——那人竟很有几分像死去的旺堆。那僧人见了她，也是一脸惊骇，闭目沉吟许久，才叹了一口气，说：

"苦命的女人，你走吧，马儿能带你走多远，你就走多远吧。"

一年以后她终于飞过半个地球，在加拿大北部与裘伊相会了。当她再见到他时，她同时被两个意外击中。一是他居住的那个叫白鱼镇的地方是如此地小。三条街走到底，就是镇的全貌了。二是他身上的变化——裘伊显得苍老而沉默。当时她并不知道，酒精如蛀虫，正在窸窣地掏空裘伊的内脏。她看不见他的内脏，她看见的只是他的皮囊。皮囊失却了内脏的支撑，如树失了根，枯萎是迟早的事。

那时裘伊已经成了全镇出名的酒鬼。酒吧开门的时候，他在酒吧喝。酒吧关门的时候，他在家里喝。开始时酒疯只是发在别人身上的，达娃不过是替他收拾残局而已。后来酒疯就发到了达娃身上，达娃只能自己给自己收拾残局了。裘伊不喝酒的时候，是一个安静克制甚至有些文雅的绅士。但是酒可以瞬间改变一切。酒是天堂和地狱之间的那道分界线，线很细，裘伊站不住，不是倒在这边，就是倒在那边。

第一次动粗的时候达娃已经怀了尼尔。那天达娃下班回家，想去街角的杂货铺买一瓶腌黄瓜。那阵子她的胃口大得惊人，吃多少，吐多少。肠胃如同一条毫无曲折的管子，存不住任何食物，只有腌黄瓜才能让她有片刻的饱足感。她找到了柜子里那个陶瓷猪罐——那是她平常藏零钱的地方。可是那天她把猪罐翻来倒去，却没有一点声响。

"钱呢？"她问裘伊。裘伊没有回答。裘伊的影子墙一样地挡住了她的去路。"送你回家的那个人是谁?"裘伊揪着她的头发问。她想说他是她的同事,是看她呕吐得无法开车才顺道送她回家的。可是他的拳头把她尚未出口的话坚定地堵了回去。他把她从楼梯上推下来,她像一只面粉口袋那样软软地倒在了地上。当时她只是崴了脚,站起来,还是能走路的。到了半夜,突然大出血,送去了医院。医生看见她身上的瘀青,就起了疑心,她却坚持说是自己失脚摔的。

尼尔真是一个经得起折腾的孩子,居然在这样颠簸的肚皮里待了五个多月。达娃原来想孩子也许能和酒瓶子争一争裘伊的,可是没有用——尼尔的出生让裘伊心软了一阵,却没有软到底,裘伊死心塌地地选择了地狱。

白鱼镇上所有的人都猜到了裘伊的女人身上那些伤痕是怎么回事,可是达娃却保持了沉默,一次也没有报过警。众人猜到了她沉默的原因——达娃的永久居留身份还没有最后办妥,分居有可能导致遣返回国。

可是众人只猜到了一半。另外一半的原因,是达娃坚守着的一个秘密,深如渊潭,无人知晓。

小越:

　　帕瓦是印第安人的户外社交歌舞聚会,通常在夏季，有时也延伸到秋季——如果天不太冷的话。有点像中国的集市庙会，但也不全像，因为帕瓦也包含一些祭祖谢恩的内容。爸爸来的时候，夏天几乎过完了，只赶上了九月底的最后一场，就在苏屋瞭望台。一乡有帕瓦，四乡的人都来了。平时地广人稀的北方，因着帕瓦，突然热闹了起来。爸爸在集市里给你买了一把鹰羽做成的扇子，染成孔雀蓝颜色，扇坠是一个木刻的鹰头——是很奇特的一件饰物。鹰在印第安文化里占据很特殊的位置，因为印第安人认为，鹰飞在天上，是和造物主最接近的。这点上，和我们的藏族文化很相似。鹰也代表勇敢，所以印第安男人的传统战袍上，都饰有鹰羽。许多帕瓦仪式，都以鹰羽舞开始。这个舞蹈是由部落选出来的四个最强壮的男人，用各式各样的动作，将一根从空中缓缓落地的鹰羽捡起——是纪念他们古今阵亡勇士的。跳鹰羽舞的时候，所有的观众都必须肃立致敬。

中越一生没有听见过这样的声音。

捶鼓的是六七个脸上抹了花纹的壮汉，围着一面兽皮大鼓而坐。没有领，也没有应。鼓点响的时候，就齐齐地响了。鼓点落的时候，也是齐齐地落了。鼓点很慢，鼓槌落到鼓面，不过是序幕。鼓点留在鼓皮上那一阵阵的震颤，才是高潮。那震颤不像是从鼓和槌而来的，却像是千军万马纷沓而至的脚步声，也像是暴雨来临之前压着地面滚过来的闷雷，震得中越的心在胸腔里狂跳不已。"热血沸腾"是一个在某个年代被用滥了的成语，可是那天中越却反反复复地想起了那个陈词滥调。中越的血潜伏在身体的深处冷冷地匍匐观望了半辈子，可是今天却如黑风恶浪，急切地要寻求一个决堤的口子。

　　歌也完全不是中越想象的那种唱法，中越甚至不知道把那些声音叫作歌是否妥当。没有词，只有一些带着大起大落旋律的呼喊。那喊声高时若千年雪山的巅峰，再上去一个台阶，就顶着天了。低时却若万丈深潭的潭底，再走下去一步，就是地心了。那声音如强风在天穹和地心之间穿行自如，从水滴跳到水滴，草尖跳到草尖，树梢跳到树梢，云层跳到云层，没有一种乐谱能记得下这样复杂的旋律，没有一种乐理可以捆绑得住那样的强悍和自由。世间所有的规矩和道理都是针脚，是把人钉在一个实处的，可是那声音却从所有的针脚里挣跳出来。它与声带无关，与喉咙无关，甚至也与大脑无关。它是从心尖生出就直接蹦到世上的，没有经过任何一个中间环节的触摸和污染。中越觉得脸上微微地生痒，摸了摸，觉出是泪水，才知道这声音和他的灵魂，已经在他身体之外的某一个地方，发生了碰撞。

男人上场了。

男人的衣冠上饰满了鹰羽，男人的手上举着各样的武器和工具。男人的舞蹈是叙事的，叙述的是自古以来就属于男人的事：祭祖。问天。征战。狩猎。埋葬死者。男人的动作强健粗犷，男人的表情却甚是冷寞，因为男人的话都已经写在手和脚上了。

女人的面容就鲜活多了。女人的衣饰是与战争无关的：五彩的披风，绣满了花朵的裙子和衣裙上叮咚作响的佩铃。女人不爱讲故事，女人的舞蹈是关于情绪的。女人如蝴蝶满场翻飞着她们的披风，踢踏的脚步扬起细碎的沙尘。女人的笑容让人想起年成、儿女、大自然这一类的话题。女人的出场使得声音和色彩突然都浓烈了起来。

已是秋日了，一早来赶帕瓦的人早已着了厚厚的秋衣秋帽。可是中午的太阳正正地晒下来的时候，就又有了几分回光返照的夏意。场上跳舞的和场下观舞的，脑门上渐渐地都开始闪亮起来。场上的汗是衣饰捂出来，手脚甩出来的。场下的汗，却是声嘶力竭地喊叫出来的。中越沿着场子走了一圈，也没找着一个遮阳的坐处，倒是不停地有人往他手里塞香烟和烟叶，一遍又一遍地说着"齐米格唯齐"。他知道这是乌吉布维族人致谢的话，便猜想是学生家长。

就轮到孩子们上场了。

孩子们的装饰简单了许多，父母都不愿意把太精致的手艺浪费在他们尚未定型的身材上。男孩也有鹰羽，女孩也有佩铃，只是这鹰羽不是那鹰羽，此佩铃远非彼佩铃。孩子们的年龄也很参差不齐。大些的，已经到了那个尴尬的年纪了，动作表情都有些虚张声势的冷酷。小些的，还没经历过几场帕瓦，舞步还是疏惶无章的。最小的几个，刚会走路，一上场就哇地大哭了起来，惹得场下的人直笑得前仰后合。

中越好不容易找了个阴凉些的角落坐下了，音乐却突然停了。有人接过麦克风，轻轻地咳嗽了一声，四周便安静了下来。邻座说是酋长。其实酋长也早不是几百年前的那种酋长了，倒是严格按了大城市那一套竞选方法民主选举出来的，所以酋长讲话，也是极现代的。一遍英语，一遍乌吉布维语。讲了些世界局势，又讲了些当地局势。谢过天地。谢过四季。谢过八方的来风和雨水。谢过空中地上的飞鸟鱼兽。谢过丰盛的年成。又谢过左邻右舍。洋洋洒洒的，像是做大报告的样子，中越听着就有了些睡意。

刚合上眼，就被邻座推醒了，只听见麦克风里边的那个声音，又高了几度。

看见我们的孩子多么可爱，别忘了感谢那些帮助了我们孩子的人。学校的老师、义工、校车司机。更别忘记，我们中间有一位父亲，为了帮助我们的孩子，却离开了自己的孩子。

全场的人都偏过头来看中越，看得中越一头一脸的汗。还没来得及擦一把汗，就被几个彪形大汉左右挟持着，抬了起来，一颠一簸地绕着场子跑了一圈。停下了，就已经在主席台上了。早有人塞过一支麦克风。中越紫涨了脸皮，英文全溜走了，结结巴巴地说了半句"我……我……不是"，就再也找不着词了——只看见台底下树林子似的巴掌在拍动。

再回到场下，觉得身子已经给颠得散了架，半日装不回去。不知道是慌乱，还是感动，手脚只是颤抖不已。

鼓点又响了起来，这次就换了节奏，极快。

这时场上突然跑上来一个矮瘦的男孩，在场正中站定了，朝众人亮了一个相，便跟着鼓点飞快地旋转了起来。男孩头戴一顶兽毛战冠，眉心悬挂着一片黑黄相间的护额镜，身着嫩绿衣装，前胸是一排刺猬毛编成的护身，后背是一扇硕大的翠绿鹰羽盾牌，脚踝上各是一串青铜镂花响铃，衣服上绣了许多的兽蹄和几何图形——却因着舞步，看得不甚分明。无论鼓点如何急切，男孩牢牢地胶在鼓点上，鼓起脚动，鼓落脚止，毫厘不差。铃铛如疾雨抖落一地，衣袍若一片绿云，被风追得狂飞乱舞，直看得人眼花缭乱。

当的一声鼓止，全场愕然。半响，才响起一片呼哨，众人咚咚地跺着地，齐声尖叫：尼尔，尼尔。中越这才认出那男孩是尼尔。

尼尔下了场，中越顺着尼尔看过去，就看见了达娃。自从学校开学后，中越就没有再见过达娃，算算也是两三个星期。就挤过人群，来到达娃跟前。达娃抓了中越的手，反反复复地说："我找，找着了。"中越问找着了什么。达娃说你忘了，是你叫我找的——尼尔的爱好。我现在知道了，尼尔听话吃力，听节奏一点儿也不吃力。酋长说了，十一月份北美印第安人帕瓦大赛，派尼尔去。中越听了也是欢喜，就问尼尔哪里去了，说买汽水去了。中越说替你订的那盘手语字典 DVD 碟，就在车里，一会儿拿给你。

两人正说着些闲话，就看见尼尔骑在一个男人的肩膀上走了过来，左手捏着一管汽水，右手抓着一个热狗，啃得满嘴都是猩红的番茄酱。男人高大硕壮，满脸红光，也看不出年纪。中越猜想是尼尔的爸，正要招呼，男人却先将手伸出来，呵呵呵呵地笑得地动山摇的：

"我叫雷蒙，尼尔的爷爷。我们这个小浑蛋，让你费心了。"

尼尔早从他爷爷肩上跳下来，拉了中越的裤管，笑得一脸是牙："K...kite."

中越拍了拍脑袋，打着手语说："对不起，风筝没带来。下次。"

这时候高音喇叭又响了起来："有兴趣参加登山识药活动的人，请跟随雷蒙·马斯医师，在一号帐篷里集合。"

尼尔拍着手，哇哇地叫爷爷，爷爷。达娃问中越去不去，说上次我给你讲的那些药理都是半桶水，尼尔他爷爷，才叫真懂。中越就跟着众人进了帐篷，黑压压地坐了一地。雷蒙给众人发了一包敬地母的烟丝和一小袋安神茶叶，算是见面礼。又介绍了些印第安草药的熬制保存方法，讲了几项上山的安全事项，一行人就相随着朝山里走去。

走了一刻钟，帕瓦的喧闹声就彻底远去，林子渐渐地湿暗了下来，花草的颜色也渐渐地浓烈了起来。雷蒙发现一棵参天大树底下有一丛茂盛的紫花，就伸出手里的木杖，拨开四边的草叶，正要探身摘采，草丛里却倏地站起一男一女两个人来，将众人吓得魂飞魄散。那两人的头发都甚是零乱，女人的纽扣松了，衣襟敞开，露出半个肩膀，身上沾满了草末。地上铺着一张塑料布，上面胡乱地丢了一个兽皮壶和几只木碗。

雷蒙将木杖往树干上狠狠一敲，啪的一声，木杖断成两截。

"裘伊你这个浑蛋，帕瓦节也敢喝酒，祖宗的规矩都不要了！"

裘伊也不回嘴，却扔下那女人，提了皮壶，径自讪讪地走了。

众人惊魂未定，心依旧跳如擂鼓，热热的兴头如遭了当头一场霜雨，顿时蔫了下来。都不说话，却拿眼睛暗暗地探着达娃。达娃置若罔闻，只和尼尔趴在地上，用一块尖石头一下一下地挖着一株草药。挖得只剩了一条根，便丢了石头，拿手去拔。谁知那细细的一条根却很是硬实，拔来拔去拔不动，直拔得浑身发颤。中越走过去，将草药一把掐断了，丢在尼尔的药篮子里，扶了达娃起来，说咱们走吧。

三人走得慢，渐渐地，就落在了众人后边。见人声远了，中越才迟迟疑疑地说，其实，达娃，你也是可以回去的，带着尼尔，回中国。

达娃嘴唇抿得紧紧的，抿成青紫的两片薄片，身子一歪，就靠在了树干上。

"世上哪还有一个地方，能容得下尼尔这样的孩子，除了这里？"

中越无语。

小越：

你信上说项叔叔圣诞假期要带你去迪士尼乐园，爸爸心里难过了很久。不光是因为爸爸在寒假里见不到你，也因为带你度假本来应该是爸爸的事，却让项叔叔抢了先。去迪士尼的事，你提了很多年，爸爸却一直没有答应你，是因为忙——忙论文答辩，忙找工作，忙转正，忙升迁。事情一样一样地排着队等候在爸爸面前，挡住了爸爸的视野，爸爸就忘记了你的童年却是不会永远等候在那里的。苏屋瞭望台的生活让爸爸看清了许多事。每次爸爸见到那个聋孩子尼尔，就不由自主地想起你，我亲爱的女儿。尼尔的不幸是人人都看得见的，可是很少有人会注意到尼尔的幸运。尼尔有一个把他的梦永远地扛在自己肩上的妈妈，而你的爸爸却不是这样的。你的爸爸要卸下了自己的梦，才会来扛你的梦。

尼尔的妈妈让爸爸愧疚。

十月初中越收到了一封挂号信，是一个厚实的牛皮纸大信封。看到寄信人栏上那个陌生的律师事务所名字时，中越心里就有了几分不祥的预感。拆开了，果然是离婚协议书。

分居是范潇潇提出来的。当时只是说分开一年，冷一冷，说不定就好了。中越来苏屋瞭望台之后，两人也是时常通电话的，说得居多的当然是小越的事。潇潇从来没有在电话上探讨过离婚的事，甚至连暗示也没有过。当然中越不可能没有一点提防——分居通常是离婚的必经之途，他只是没想到潇潇出手如此之快。便禁不住将潇潇和那个姓项的以往的种种蛛丝马迹，一一地回想了起来。兴许那姓项的非但不是分居的结果，反倒是分居的起因。如此一想，中越便觉得自己是暗夜赶路稀里糊涂地掉进了陷阱，脑袋一热，拿起电话，就拨那个熟记在心的号码。

铃声响了一会儿才有人接，是潇潇。气喘未定的样子，又叫中越生出些龌龊的联想。中越憋了几秒钟，才冷冷一笑，说潇潇你等不及了吧？潇潇啪的一声将电话挂了。中越再拨，就没有人接了。中越一屁股坐在地板上，把电话机放在腿上，准备拨它一个通宵了。每拨一次，火气就大了一圈。拨到后来，头上就有青烟冒出，话筒几乎捏化在了手里。

拨了约有一个小时，终于有人接了起来。中越的脑袋轰的一声炸成了无数碎片，一声狂吼，差点把自己震倒：

"有本事就把那个姓项的摆到明处，背后打黑拳是他妈的浑蛋！"

电话那头是死一样的寂静。过了半晌，才有一个声音，战战兢兢地叫了一声爸爸。中越这才醒悟过来是小越，心里后悔莫及，就把声音放低了八度，说小越爸爸不知道是你。小越不说话，却叹了一口气。那口气极轻极弱，如细细的一缕烟云在中越的耳膜上擦了一擦，却擦出了一道难以修复的伤痕，中越的心就一扯一扯地疼了起来：

"小越你别叹气，你还是个孩子，叹气是大人的事。"

小越哼了一声，说谁是孩子呀，爸爸，我已经十一岁了。顿了一顿，又迟迟疑疑地说："其实爸爸你和妈妈过得不快乐，分开也是可以的。别担心我，我没事的。将来你们有了新家，我就有两个地方可以去了，寒假去一家，暑假去另一家。我们班好多同学，都是这样的。"

中越的心又扯了一扯，说不清是悲是喜。只觉得在国外长大的孩子，和国内同龄的孩子相比，在有的方面似乎太稚嫩了，在另一些方面却又似乎太成熟了。

　　放下电话，却怎么也集中不了精力备第二天的课。他和潇潇一直认为小越的个性太大大咧咧，有些像男孩子，没想到孩子却一直是看在眼里的。他和潇潇的不快活，在小越面前其实都是很隐忍的。潇潇的不快活在先，他的不快活在后。他的不快活很大程度上缘于潇潇的不快活，因为他本人对快活不快活之类的感觉一直是很懵懂的。

　　潇潇是人中的尖子、花中的花。潇潇是那种极其愿意走在拥挤的人群中，又渐渐把人群甩在身后的人。所以他们相识之后的每一件重大事情，她都走在他的前面。她比他先读完学位，她比他早评上职称，她比他早半年出国，她比他先找到工作，她的工资比他的高出好几个台阶。她虽然一直走在他的前面，却不愿意他永久地落在她的背后。她先走几步，再回头拉他，一直等到他们大致平行。大致平行的日子是潇潇最快乐的日子，只是潇潇却不能沉湎在这样的日子里。潇潇劳碌惯了，潇潇不能长久地休息。她必须甩下他再往前走去，然后再回头来拉他。他虽然比她慢几步，但也都最终走到了她为他设想的目标。他让她失望的不是他达不到她的目标，而是他抵达目标的方式。她打心眼里见不得他那种偷工减料懒懒散散的样子。他常常觉得自己是一架千年老牛车，每一个接头都结着厚重的锈。潇潇若一撒手，他会立时轰然倒地，成为一堆毫无用处的朽木。

这样的生活模式维持了好几年，潇潇就渐渐厌倦了。他是个感觉迟钝的男人，很晚才觉察出她的不快乐。其实那时他也是可以扭转局面的，只是他懒散的个性决定了他只能是那样一种的丈夫，用潇潇的话来形容，是提起来一串，放下来一摊的那种。他问过潇潇那样东西是不是屎，潇潇既没有承认也没有否认。即使在那个时候，他的不快活也还仅仅是因为他觉察了她的不快活。而真正属于他自己的那份不快活，是在更后来的日子里才出现的。

半年前，他母亲在分别八年之后飞过千山万水来多伦多探望他。

他的父亲去世很早，他和两个哥哥都是靠着母亲在皮鞋厂工作的微薄工资养大的。母亲只有初小文化程度，识不了几个字，干的是全厂最脏最低下的工种——橡胶车间的剪样工。母亲日复一日的任务，就是把刚从滚筒里捞出来的热胶皮，按固定的尺寸剪出鞋底的雏形。这个工种是母亲自己要求来的，因为生胶有毒性，橡胶车间的工人，每个月可以拿到四块钱的营养费。

生胶落色。母亲下班回到家，脖子是黑的，手是黑的，一笑，额上的浅纹也是黑的。洗了又洗，洗出好几盆墨汁似的水来，泼了，就操持一家人的晚饭。饭很简单，几乎全是素的，却有菜有汤。吃完饭，收拾过碗筷，母亲就坐下来，开始织毛衣。母亲会织很多种的花样，平针，反针，叠针，梅花针，元宝针。母亲的毛衣都是替别人织的，母亲自己的毛衣，却是拆了劳保手套的旧纱线织的，穿在身上，颜色虽然黄不黄白不白的，样式倒是合身的。母亲给别人织毛衣，织一件的工钱是两块钱。遇到尺寸小花样简单的，一个月可以织五六件——当然是那种马不停蹄的织法。

中越生在乱世，那个年代几乎所有的食品都凭票供应。江南鱼米之乡，竟也开始搭配百分之二十的粗粮。家里三个男孩，齐齐地到了长身体的时候，口粮就有些紧缺起来。母亲只能用高价买下别人不吃的粗粮，来补家里的缺。每天开饭的时候，母亲总让儿子先吃。等到母亲最终摘下围裙坐下来的时候，那个盛白米饭的盆子已经空了。地瓜粉做的窝头虽然抹了几滴菜油，仍然干涩如锯末。母亲嚼了很久，还是吞不下去，直嚼得额上脖子上鼓起一道道青筋。中越看得心缩成紧紧的一个结，可是到了下一顿，依然无法抵御白米饭的诱惑。

母亲常年营养不良，又劳累过度，身体就渐渐地垮了。

有一天晚上，三个孩子正围着饭桌做功课，突然听见母亲嚷了一句怎么又停电了。中越说没停电呀，母亲那边半晌无话。再过了一会儿，中越就听见了一些窸窸窣窣的声音，才发现母亲哭了——母亲的眼睛突然看不见了。

母亲的眼睛坏了，不能再做剪鞋底的工作了，就调去了最不费眼力的包装车间，给出厂的鞋子装盒。母亲也不能再织毛衣了。失去了营养费和织毛衣这两项额外收入，家境就更为拮据了。三个孩子就是在那个时候才真正懂事起来的。每天做完作业，就多了一项任务——糊火柴盒。糊两个火柴盒能得一分钱，每天糊满一百个才睡觉。糊火柴盒的收入孩子们只上交一部分，另一部分自作主张拿去给母亲买了鱼肝油。

母亲的眼睛时好时坏，虽然没有治愈，却也终究没有全瞎。

后来三个孩子都成了家，大哥二哥搬出去住，中越也大学毕业去了省城。母亲这些年始终自己一个人过，却不愿和任何一个儿子住在一起。中越是母亲最疼的一个老儿子，所以当中越提出要母亲来多伦多探亲的时候，母亲虽有几分犹豫，最后还是来了。

母亲是个节省的人，到了哪里都一样。在中越家，母亲舍不得用洗衣机和烘干机。母亲自己的衣服，总是手洗了挂在卫生间里晾干。走进卫生间，一天到晚都能看到万国旗帜飘扬，听见滴滴答答的水声。潇潇说地砖浸水要起泡的，卫生间总晾着衣服，来客人也不好看。潇潇说了多次，母亲就等到早上他们都上了班才开始洗衣服，等下午他们快下班了就赶紧收拾起来。地上的水迹，母亲是看不清的。母亲自己看不清，就以为别人也看不清，潇潇的脸色就渐渐难看了起来。

母亲操劳惯了，到了儿子家里，也是积习难改，每天的头等大事，就是做上一桌的饭菜，等着儿子儿媳下班。母亲做饭，还是国内的那种做法，姜葱蒜八角大料红绿辣子，旺火猛炒，一屋的油烟弥漫开来，惹得火警器呜呜地叫。做一顿饭，气味一个晚上也消散不了。家具墙壁上，很快就有了一层黏手的油。

潇潇说妈您把火关小些。中越也说妈您多煮少炒。母亲回嘴说你们那个法子做出来的还叫菜吗？勉强抑制了几天，就又回到了老路子。

后来，潇潇就带着小越在外头吃饭，吃完了带些外卖回来，给中越母子吃，才算勉强解决了这个问题。只是母亲无饭可做了，就闲得慌。母亲不仅不懂英文，母亲连普通话也说得艰难。所以母亲不爱看书看电视，更不爱出门，每天只在家里巴巴地坐着，等着儿子回来。中越下班，看见母亲一动不动地坐在黑洞洞的客厅里，两眼如狸猫荧荧闪光，就叹气，说妈这里电费便宜，开一盏灯也花不了几个钱。

母亲近年学会了抽烟。母亲在诸般事情上都节省，可是母亲却不省抽烟的钱。母亲的烟是国内带来的。两只大行李箱里，光烟就占了半箱。母亲别的烟都不抽，嫌不过瘾，母亲只抽云烟。母亲还爱走着抽烟，烟灰一路走，一路掉。掉到地毯上，眼力不好，又踩过去，便是一行焦黄。潇潇一气买了六七个烟灰缸，每个角落摆一个，母亲却总是忘了用。母亲的牙齿熏得黄黄的，一笑两排焦黑的牙龈。用过的毛巾茶杯枕头被褥没有一样不带着浓烈的烟臭。

母亲一辈子想生闺女，结果却一气生了三个儿子。大儿子和二儿子生的也是儿子，只有老儿子得了个闺女，所以母亲很是稀罕小越，见了小越就爱搂一搂，亲一亲。小越刺猬一样地弓着身子，说不要碰我。小越说的是英文，母亲听不懂，却看出小越是一味地躲。母亲伸出去的手收不回来，就硬硬地晾在了空中。中越竖了眉毛说小越你听着，你爸爸都是你奶奶抱大的，你倒是成了公主了，碰也碰不得？潇潇不看中越，却对母亲说：小越不习惯烟味，从小到大，身边没有一个抽烟的。母亲听了，神情就是讪讪的，从此再也不敢碰小越。

母亲的签证是六个月的，可是母亲只待了两个月，就提出要走。其实母亲是希望儿子挽留的。可是潇潇没说话，中越就不能说话。母亲虽然眼力见儿不好，母亲却看出了在儿子家里，儿子得看儿媳妇的眼色行事。

母亲来的时候刚过了春节，走的时候就是春天了。航班是大清早的，天还是冷，潇潇和小越都睡着，中越一个人开车送母亲去机场。一路上，中越只觉得心里有一样东西硬硬地堵着，气喘得不顺，每一次呼吸听起来都像是叹气。

泊了车，时间还早，中越就领着母亲去机场的餐馆吃早饭。机场的早饭极贵，又都是洋餐洋味。中越一样一样地点了一桌子。母亲吃不惯，挑了几挑就吩咐中越打了包。母亲连茶也舍不得留，一口不剩地喝光了。母亲的手颤颤地伸过饭桌，抓住了中越的手。母亲的手很是干瘪，青筋如蚯蚓爬满了手背，指甲缝里带着没有洗净的泥土——那是昨天在后院收拾隔年落叶留下的痕迹。

"娃呀，你听她的，都听。妈年轻的时候，你爸也是顺着我的。"母亲说。

母亲在将近四十岁的时候才怀了中越，小时候母亲从不叫他的名字，只叫他娃。母亲的这个"娃"字在他堵得严严实实的心里砸开一个小洞，眼泪无声地涌了出来。他跑去了厕所，坐在马桶上，扯了一把纸巾堵在嘴里，哑哑地哭了一场。

走出来，他从口袋里掏出一个信封，塞在母亲兜里。

两千美金。大哥二哥各五百，您留一千。

中越陪着母亲排在长长的安检队伍里，母子不再有话。临进门的时候，他迟疑了一下，才说：哥写信打电话，别提，那个……钱……的事。

送走母亲，走出机场，外边是个春寒料峭的天，早晨的太阳毫无生气冰冷如水，风刮得满树的新枝乱颤。中越想找一张手纸擤鼻涕，却摸着了口袋里那个原封不动的信封——母亲不知什么时候又把钱还给了他。

那天中越坐进车里，启动了引擎，却很久没有动身。汽车噗噗地喘着粗气，白色的烟雾在玻璃窗上升腾，聚集，又渐渐消散。视野突然清晰了。就在那一刻，中越觉出了自己的不快活，一种不源于潇潇的情绪的，完全属于他自己的不快活。

　　所以，两个月后，当潇潇提出分居的时候，他虽然不情愿，却也没有激烈反对。

　　小越：

　　　　极光是地球高纬度地区高层大气中的发光现象，是太阳风与地球磁场相互作用的结果。太阳风是太阳射出的带电粒子，当它吹到地球上空时，会受到地球磁场的作用。地球磁场形如"漏斗"，尖端对着地球的南北两个磁极。所以，太阳发出的带电粒子会沿着地磁场的这个"漏斗"沉降，进入地球的两极地区。两极的高层大气受到太阳风的轰击后会发出光芒，在北半球出现的叫北极光，南半球出现的叫南极光。爸爸来苏屋瞭望台的目的之一，就是为了看北极光，可是至今还没有等到。据说每年都有年青人从四面八方赶来，在有北极光的夜晚举行婚礼，因为他们相信，在北极光之下结婚怀孕，将会生下世上最聪明的孩子。

　　帕瓦以后将近两个月的时间里，中越就再也没见过达娃——倒是时时能见到尼尔。中越一周去一次白鱼小学培训老师。培训完后，都会留下来单独辅导强化尼尔的手语和读唇功能。这一次去了，尼尔却没在。老师说被他妈带去雷湾医院做年检了——自尼尔出生后，就存进了那里的早产儿数据库，每年要进行一次复杂的跟踪检查。

那天中越下班回家，正要开火做晚饭，只见窗外黑云密集，天阴得几乎合到了地上，才猛然想起自己昨天洗的一条床单，还晾在阳台上——这边的人不喜欢用烘干机，家家户户都有晾衣绳——就冲出去收床单。刚把床单撸下来，雨已经轰隆隆地下了起来，远看是白花花的一片帘子，近看是一根连一根的棍子，砸得一个企鹅湖翻腾如沸水，满坡满地都是洞眼。

门还没关严，就被砰的一声撞开了，冲进来两个淋得精湿的人——是达娃和尼尔。两人衣服如薄棉紧贴在身，牙齿磕得满屋都听得见，头上身上的水在地板上淌成一个混浊的圆圈。

中越赶紧拿了两条大浴巾，一人一条地裹了送去了卫生间。又从柜子里找出一件毛衣、一条运动裤，放在卫生间门口——是给达娃换的。翻箱倒柜的，却找不着一件合尼尔穿的衣服，只好从床上抽出一条线毯，也搁在了卫生间门口。

是尼尔先出来的，身子严严实实地裹在毯子里，只露出一张巴掌大的脸，叫热水冲得绯红。小脚载着毯子一路移动，像上了发条的电动玩具，模样丑得叫人心软。中越把尼尔举起来，坐到沙发上，拿了个小吹风机来吹他的头发。还没吹几下，尼尔就枕在他腿上睡着了，鼻息吹得他腿上丝丝地痒，口水淌了他一裤子。

达娃在卫生间里待了很久，出来时已经换上了中越的毛衣。毛衣的袖子高高地挽上去了，下摆却长长地拖到了膝盖。在这样的宽敞里达娃的身子突然显得极是瘦小起来，小得如同一个未成年的女孩。达娃在尼尔的脚下坐下，解开辫子擦头发。中越一辈子没有见过这样长的头发，如风中的乱云簌簌地抖着。擦干了，绾起来，在脑后打了一个大大的结，云开雾散，露出水汽浓重的一张脸——竟有几分秀气。

达娃弯腰去摇尼尔，硬把尼尔摇醒了。尼尔坐起来，懵懵懂懂地，竟不知身在何处。达娃拍了拍尼尔的脸，说你忘了，一路上，要告诉陈医师，什么话的？尼尔一下子醒利索了，嘴唇一裂，露出一个痴笑。

"我，棒。"尼尔伸出一个大拇指，指了指自己的脑袋。

达娃忍不住咯咯地笑了。达娃的笑一开了头，就如一颗弹子在平滑的玻璃面上一路滚下去，没有人接着挡着，就再也刹不住车了。一直笑得两眼都有了泪，却还是歇不下来。

中越只好拿一张旧报纸卷了一个圆筒，冲着她的后脑勺梆梆地敲了几记，方勉强止住了。

尼尔的智商在正常水平——雷湾医院测试的，只是语言接收表达能力差些。

达娃终于在笑的空隙里说全了一句话。

就是说，你是个大水桶，水是满的，只是龙头坏了，流不出来。我来好好修理修理你的龙头。

中越把尼尔的头发揉得乱成一个鸡窝。尼尔嘴里喊着修，修，咚的一声跳下沙发，在地板上翻了个跟斗。毯子滚落下来，露出精赤溜光一个身子，肋骨累累如一滩荒石，一根鸡鸡若豇豆来回乱颤。达娃拾起毯子，满屋追儿子。追着了，劈头盖脸地将毯子罩过去。罩住了，便骂：多大了，你害不害羞。尼尔如网里的鱼虾死命地挣，终于挣出一只手来，指了中越，说他，也有。

达娃忍了笑，背了脸不看中越，只问你吃了没？中越说还没。达娃就从背篓里拿出一个黄油纸包，说我在老约翰的肉店里买了两磅牛仔骨，我们不如烤肉吃吧——门口的那个火塘，你恐怕还没用过呢，正好我们也烤烤衣服。达娃熟门熟路地从中越的厨房里找出刀叉铁架，三人又各加了一件厚衣，搬了个板凳，就走出屋来清理火塘堆柴生火。

刚下过雨，柴湿。塞了无数的引火木屑，仍是青烟滚滚，熏得中越涕泪交加。达娃看了，就抿嘴笑："印第安人熏刺猬，熏的就是你这样的笨刺猬——非得坐风口吗，你？"中越换了个方向坐，果真就好些。

湿气渐渐散尽了，火势旺了起来。中越在火塘边架了几根树枝，把达娃和尼尔的湿衣服晾了起来。达娃就开始烤肉。青焰舔着铁架子，便有脂油滴落下来，发出一惊一乍的爆响，空气里立刻充满了肉的甜香。

达娃烤熟了一块肉，扔给中越。又烤熟了一块，扔给尼尔。尼尔不肯吃自己的那块，偏要来抢中越手里的。肉烫手，中越站起来，两只手转轮似的转着肉，嘬嘬地吹着气，一小口一小口地咬。尼尔够不着，跺着脚咿哇地叫。达娃又抿了嘴笑，说你啊，真是少见。中越问怎么少见了，达娃只是笑，半天，才说，就你把他当个正常人看，从来不让着他。

中越吃得满嘴满手的油，扯了块面包擦过指头，又丢进嘴里："让，怎么个让法？除非你能叫全世界人民都让着他。将来到社会上去，他还不得摸爬滚打，靠本事吃饭？不如现在就把他当个正常人摔打。"

达娃又烤熟了一块肉，拿细铁棍穿了递给中越。中越没接住，肉就掉了。两人同时伸手去抢，中越碰着了达娃的胳膊，只听见达娃哎哟地叫了一声，拿手捂了胳膊，身子就矮了下去。中越以为烫着了达娃，慌慌地去掰达娃的手，挽起袖子，才看见胳膊上有一排伤，小小的圆点，一个挨一个，挤在一起像是一朵开过了季的花。伤是新的，刚结了痂，嫩薄的一层粉红，已经碰破了，流着血。

中越咣啷一声将肉摔在火塘里，铁架子撞飞了，火星蛾子似的飞成一片，达娃和尼尔都吓了一跳。

"烟头烫的，是不是？"

达娃抬头，看见中越两眼眦裂，五官扭到了脸外，头发根根竖立如钢针。达娃颤颤地伸出手来，去抹中越的头发。女人烤过火的手很烫，男人的头发在女人的指尖上哧哧地灼响。

"什么样的男人，让你怕成这样？"

中越一把甩开达娃，达娃跌跌撞撞地坐到了地上。尼尔怯怯地走过来，伏到达娃的膝盖上。达娃紧紧地搂了儿子，两人沉默如石。火势弱了，焦肉在余烬里散发出恶臭。夜渐渐地黑尽了，疏朗的星斗照出低回的山峦、错乱的松林，和林中一个奄奄一息的火塘。

突然间，被夜色磨蚀得模糊起来的山峦上，出现了一道光。那光极长，不知从何处开始，也不知至何处终结。虽是突兀，却因了它的从容安详，仿佛已经在那里悬挂了千年。尼尔跳起来，大叫了一声"北……北……光"。中越把手指搁在唇上，"嘘"了一下，尼尔便噤了声。那光渐渐变宽变亮，地上所有的颜色都被那光吞噬尽了，只剩了一种介于青绿之间的幽蓝。那光之下，万物突然就变小了，山峦成了土块，湖泊成了水滴，树林成了草芥。人呢？人是看不见自己的，光却是看得见人的。在光的眼中，人大约不过是蚁蝼罢了。人的烦恼，在人看来是天是地是挪不动的巨石。在光看来，却是比蚁蝼还细微的一粒尘土。中越被自己的想法吓了一跳，身子竟簌簌地发起抖来。

风起来了，林涛声中夹杂了一些爆竹般的脆响。过了一会儿，中越才明白过来，那是光的脚步声。光变了，变成了五彩斑斓的色带。先是红，再有黄，再有橙紫，色带交织变换，时静时动。静时如开世之初，一片混沌祥和。动时若一袭彩裙，在做风中舞。那颜色那舞步姿意而张扬，无章也无法——却是惊心动魄。

那光来得快，去得也快。一支烟的工夫，就消散尽了，星空疏朗依旧。仿佛是一场精彩的戏文，毫无预报地开了演，又毫无预报地终了场。观众刚刚来得及进入剧情，幕却咚地落了下来，偃旗息鼓，俱寂无声。

尼尔已经趴在达娃身上沉沉地睡着了。达娃把尼尔抱进了屋里，又出来收拾树枝上的衣服。衣服差不多干了，达娃一件件地叠起来，放进背篓里。中越看着她的手指窸窸窣窣地移动着，眼睛如两口黑井，幽深而空洞，一切情绪跌落进去，都被销蚀成沉默。

"十年前，我在青海湖边遇到了一位高僧。"达娃说。

"他说我的命，实在是太硬了。纸做的肉做的男人，都镇不住我。只有铁打的男人，才压得住我。"

达娃轻轻地叹了一口气。

"裘伊就是那个铁打的男人。裘伊和尼尔是我今生今世的债，我欠了别人的，也只有这样慢慢地来还了。"

中越搜肠刮肚，想找一句安慰的话，却终无所得。只好走过去，将达娃轻轻地拥在怀里。达娃的头巾飘落了下来，他闻见了她鬓边那朵枯萎的野菊花瓣上的最后一丝阳光。大千世界，他和她在这样空旷的北方相遇。她有她的伤。他有他的伤。他治不了她的，她也治不了他的。他看着她紧紧地攀缘在一片行将朽烂的木头上，朝着渺无边际的深渊飘去，却救不得她。

这时嗖的一声，房顶上跳下来一个黑影。黑影在落地的那一刻崴了脚，动作有些迟缓。当黑影终于挣扎着站起来的时候，中越看见了黑影手中一根闪着寒光的棍子。

那是一杆猎枪。

中越还来不及说话，就听见轰的一声巨响。林子抖了一抖，宿鸟嘎地飞起，黑压压地遮盖了半个天空。过了一会儿他才明白过来那是枪声。他觉得他的肩膀麻了一下，有股温热的东西，从那里汩汩地流出。他想喊，可是他的嗓子却如荒漠里的一丝细水，还没流到喉咙，就已干涸在重重沙尘之中。

"裘伊！"

达娃像一只母狮子似的咆哮了一声，飞奔而来。达娃紧紧地拽住了黑影，黑影凶猛地挣扎了几下，中越听见了又一声的巨响，达娃无声无息地跌落在他的怀里。他想扶着达娃坐起来，却发觉达娃如抽了筋剔了骨似的软绵。他睁大了眼睛，四周是一片黑暗——一种看不到一丝裂缝的，没有开始也没有终结的黑暗。他觉得自己咚地坠入了万丈深渊，世上没有一根绳索，能拉他走出那样的黑暗——他知道他失去了视力。

黑暗中，他听见了一些窸窸窣窣的响动。他耳朵里的那双眼睛猝然睁开，看见了裘伊的靴子在树林中跌跌撞撞地扫开野草。靴子的声音有些缓慢迟疑，后来就停了下来。世界屏住了呼吸，万物静如亘古山石。突然，又是砰的一声巨响，裘伊的身体笨重地落到了草地上。呻吟声嘤嘤嗡嗡地传了过来——是压伤了的草。

当中越终于恢复了一些视力的时候，他看见了躺在他腿上的达娃。子弹是从脖子里进去的，出口在背上，血如浓稠的茄汁溅满了他的身子。他分不出哪些是她的，哪些是他的。他看见她渐渐浑浊起来的眼睛。在迷雾完全蒙上她的双眸之前，他在那里找到了一角模糊的星空。

"尼尔，是，北极光……的孩子。"

达娃说。

小越：

爸爸今天刚刚出院。爸爸的世界被一阵飓风扫过，剩下的都是残骸。爸爸需要把这些残骸一点一点地收拾起来，看是否还能拼回原来的样子。这个过程只能是爸爸一个人的事，别人是帮不了的。

尼尔带中越去墓地的时候，已经下过了入冬的第一场雪。北方的雪很干，也很轻，飘在天上，细若粉尘。毫无防备之间，却已覆盖了整个城镇。

　　沿着铲雪车铲过的小道，中越和尼尔走进了墓园。白雪掩盖了所有的墓碑，极目望去，到处都是高矮不一的雪包和微微露出一角的十字架。寻食的鸟儿从一个雪包飞到另一个雪包，嘎嘎的声响里，雪地上便落满了翅膀的痕迹。每一个雪包底下都是一个截然不同的故事，可是一场大雪便轻而易举地抹杀了它们所有的区别。尼尔站在小道中间，突然就迷了路。

　　管墓的老头走过来，引他们走到冬青树墙的尽里。老头用雪铲铲出窄窄的一条小径，说第三个或是第四个，你自己找吧。

　　中越蹲下来，用手来刨雪包。雪很松，刨起来并不困难。只是冷，即使是厚厚的麂皮手套，也无法抵御北方凶猛的寒冷。终于刨开了，露出一个低矮的墓碑，碑顶是一个插着翅膀的小天使，碑文是：

约翰·哈瑞森

2001—2004

通往天堂的路是孩子引领的

　　中越知道刨错了，就脱了手套，将手放在防寒服里，取了会儿暖，才接着刨——是旁边的那个。一边刨，一边忍不住想，这个只活了三岁的孩子，是怎么死的呢？车祸？疾病？意外伤亡？和一个这样小的孩子做伴，应该是她喜欢的。她的生命里有太多的人进进出出过，现在她只需要清静。

旁边的那个墓碑略高一些，刨起来也更容易一些。只是他的手冻僵了，他只好频繁地脱手套取暖。刨刨停停，刨到露出碑面的时候，他的手指几乎完全不听使唤了。他是第一次看到这个墓碑，可是碑文他却是熟记在心的——那是他起草的，是中文。

雪儿达娃

1968—2005

生在格桑花开的地方

死于登山途中

墓碑在雪里埋过了一夜，微微地有些暖意。中越的手指抚过那些高低不平的碑文，仿佛摸到了阳光，草地，金黄色的蜜蜂，和漫山遍野的格桑花。

中越站起来，对着墓碑，缓慢地打出一串手语。

中越不用转身，也知道尼尔哭了。

小越：

　　爸爸决定向社会福利部提出申请，领养那个失去了双亲的聋孩子。

初稿　2005.9.6.—2005.11.2

二稿　2005.11.21

三稿　2005.11.28

图书在版编目（CIP）数据

余震/张翎著． -- 武汉：长江文艺出版社，2018.10
ISBN 978-7-5702-0547-9

I. ①余… II. ①张… III. ①中篇小说 - 小说集 - 中国 - 当代 IV. ① I247.5

中国版本图书馆 CIP 数据核字 (2018) 第 160107 号

余 震

张翎 著

_____

选题产品策划生产机构｜北京长江新世纪文化传媒有限公司
总 策 划｜金丽红　黎 波　安波舜
责任编辑｜张 维　　装帧设计｜郭 璐　　媒体运营｜刘 峥
助理编辑｜赵晨阳　　内文制作｜刘 洋　　责任印制｜张志杰　王会利
法律顾问｜张艳萍　　数字版权代理｜何 红

总发行｜北京长江新世纪文化传媒有限公司
电　话｜010-58678881　　　　　　　　传　真｜010-58677346
地　址｜北京市朝阳区曙光西里甲 6 号时间国际大厦 A 座 1905 室　　邮　编｜100028
出　版｜长江东版传媒　长江文艺出版社
地　址｜湖北省武汉市雄楚大街 268 号湖北出版文化城 B 座 9-11 楼　　邮　编｜430070
印　刷｜三河市兴博印务有限公司
开　本｜787 毫米×1092 毫米　1/32　　　印　张｜9.375
版　次｜2018 年 10 月第 1 版　　　　　　印　次｜2018 年 10 月第 1 次印刷
字　数｜148 千字
定　价｜45.00 元

盗版必究（举报电话：010-58678881）
（图书如出现印装质量问题，请与选题产品策划生产机构联系调换）